Wer braucht schon Mathe?

Ein Jugendroman mit Hintergedanken

Von Karl Vogt

Impressum
Herstellung und Verlag:
BoD-Books on Demand, Norderstedt
ISBN: 978-3-7357-4714-3

Text Copyright © 2014 Karl Vogt
Alle Rechte vorbehalten

Einbandfotos: www.fotolia.com, 2014

Im Zeichen der heute überall geforderten „Transparenz" möchte ich die **Hintergedanken** in diesem Buch an dieser Stelle gleich **freiwillig offen legen:**

Mit diesem kleinen Roman rund um eine Familie im Jahr 2014 und die Schüler einer Abiturklasse samt ihren Freunden, sollen junge Leser immer mal wieder, zwischendurch, von verschiedenen Finanzthemen hören und angeregt werden, sich offen kritisch und möglichst vorurteilsfrei damit auseinander zu setzen.

Hintergedanke 1:

Es möchte sich jeder Leser in den künftigen, entsprechenden Lebenslagen an dieses Büchlein erinnern und die Tips, die hier so „nebenbei" gegeben werden, beherzigen.

Hintergedanke 2:

Es sollte ein Verständnis für die Unterscheidung von **Beratern und Verkäufern** geweckt werden. **Beide** haben ihren wichtigen, unverzichtbaren Platz im heutigen Wirtschaftsleben. *Wie wäre es um die Arbeitsplätze eines jeden Einzelnen bestellt, wenn die Produkte und Dienstleistungen die in „seinem Betrieb" hergestellt werden, nicht von qualifizierten Spezialisten „verkauft" würden?*

Die **Berater** hingegen, sollen Hilfestellung geben, bei der Auswahl aus den vielfältigen Alternativen, die der Markt und seine **Verkäufer** bieten.

Hintergedanke 3:

Es wäre sehr schön, wenn es gelänge, den einen oder anderen Jugendlichen davon zu überzeugen, daß eine **beratende Tätigkeit** im Bereich der **privaten** Finanzen (Wir reden hier nicht von der „undurchsichtigen" Hochfinanz!) zu einem der **sozialsten und**

wichtigsten Berufsbilder gehört, zu denen sich Abiturienten und Abiturientinnen in der heutigen Zeit entschließen können.

Eine coole, abwechslungsreiche Tätigkeit, die für die allermeisten Menschen nützlich und hilfreich ist und die eine weitestgehende Selbstbestimmung und kreative Entfaltung in jede Richtung ermöglicht. Und vor allen Dingen: Es ist ein **Beruf mit Zukunft.** (Entgegen aller verbreiteten Vorurteile!)

Ein guter Berater wird niemals arbeitslos !

Eine zusätzliche Entscheidungshilfe findet ihr im **Anhang 1**

Hintergedanke 4:

Daß die im Buch eingestreuten Tipps, die an den Kapitelüberschriften leicht zu erkennen und bei der E-Book-Version sogar direkt ansteuerbar sind, auch für die älteren erwachsenen Leser genügend Informationen liefern, um mit ihren Beratern oder Verkäufern künftig auf Augenhöhe zu sprechen.

Falls es doch noch nicht reichen sollte, sehen Sie doch bitte in den **Anhang-Kapiteln 2, 3 und 4** *nach.*

Viel Spaß und persönlichen Nutzen bei der Lektüre!

Karl Vogt

Vorwort zum Vorwort

 **Liebe Leserinnen und Leser**, ich habe Ihnen mein Foto hierher setzen lassen, damit Sie gleich von vornherein gewarnt sind! Ich nehme für mich zwar in Anspruch, daß ich **im** Kopf jung geblieben bin. Keines meiner vier, jetzt bereits über 30-jährigen Kinder, hat das bisher (in meinem Beisein) bestritten. Trotzdem habe ich in diesem Buch zwei Eigenarten beibehalten: Ich benutze nach wie vor, die von mir erlernte und längere Zeit auch gelehrte „alte" Rechtschreibung, mit „ß" und allem Drum und Dran.

Und - ich verweigere mich ausdrücklich der heute schon fast ins Absurde übersteigerten „political correctness", des *„Gender-Mainstreams"*, jegliche persönliche Anrede in beiden Geschlechterformen auszuschreiben. Ich gehöre einfach nicht zu den Politikern und Politikerinnen, die ihren Wählern und Wählerinnen ans Herz und Herzin (?) legen, um Gottes und der Göttinnen willen die Abgeordneten und Abgeordnetinnen jeweils ihrer Partei und Parteiin zu wählen. Immer wenn ich eine Geschlechterform gewählt habe, darf sich „die andere Seite" genau so angesprochen fühlen.

Und hier können Sie mich kennenlernen:

Eigentlich wollte ich Religionslehrer werden. Aber auch in den späten Sechzigern gab es bereits sehr sinnfremde Vorschriften. Wer Religionsunterricht am Gymnasium erteilen wollte, sollte die Bibel in der „Muttersprache" ihrer ersten Autoren lesen und verstehen können. In Griechisch. Ich kenne zwar nicht einen einzigen Kollegen, der das tatsächlich tut, denn sein Fach fällt sowieso bei jeder Gelegenheit aus. Wie der Sport- Musik- oder Kunstunterricht. Die meisten sind schon froh, wenn sich die Schüler (wie im modernen Deutschland möglich) nicht abmelden. Deshalb wird der Religionsunterricht auch häufig mit dem Mäntelchen „Sozialkunde" oder „Ethik-Unterricht" bedeckt. Marketing ist eben alles.

Mich bewahrte vor diesem traurigen Schicksal die oben genannte Vorschrift. Ich wollte auf der Uni nicht auch noch Griechisch nachlernen. Da ich vom „mathematischen Gymnasium" kam, reichte mir das Lateinisch-Nach-Büffeln für mein zweites Wunschfach: Germanistik, oder „Deutsch", wie es auf der Schule ganz unwissenschaftlich benannt wird.

So war meine Religionslehrer-Karriere bereits nach 3 Wochen wieder beendet. Ich studierte ein anderes Fach, das durch ständiges Ausfallen einen größeren Freizeitanteil versprach: Sport. Welch ein Irrtum! Die zahlreichen Nebentätigkeiten des Sportlehrers, der bevorzugt Sport- und Schulfeste zu organisieren hat, brachten mir den gleichen Arbeitsaufwand, wie mein, wegen seines hohen Korrektur-Aufwands berüchtigten Hauptfachs Deutsch.

Nach erfolgreich bestandenen ersten und zweiten Staatsexamina war ich gerne und mit großem Engagement Lehrer an einem großen Gymnasium in Tübingen. Allerdings lernte ich dort auch schnell die Grenzen kennen, die den deutschen Studienräten gesetzt sind.

So gab ich, zum Entsetzen meiner Eltern meine Pensionsansprüche wieder auf. Ich verließ die Schule und Jugend-Bearbeitungs-Anstalt und machte mich kurze Zeit später in meinem heutigen, im Buch beschriebenen Beruf selbständig, der mir lebenslang die Befriedigung gab, wie ich sie mir eigentlich von der Schule erhofft hatte.

Heute „verkaufe" ich mein Wissen um finanzielle Zusammenhänge, die die Schule den jungen Menschen leider nicht beibringt. *„Sie haben ja schließlich Mathematik-Unterricht, das muß fürs Leben genügen."*

Ob diese Behauptung der Schulbürokraten stimmt, kann jeder Leser beurteilen, der schon einmal einen Versicherungs-, Spar- oder Kreditvertrag abgeschlossen hat. Zugegeben: Nur etwa die Hälfte der Betroffenen merkt überhaupt – vielleicht erst nach vielen Jahren – daß sie sich suboptimal entschieden hatte, aber dann ist der Ärger und die Enttäuschung um so größer. Das Heer der VOR-Urteilsträger gegen die bösen, gierigen und übermächtigen Finanzkonzerne hat wieder neue Gefolgsleute, so, wie die einschlägigen Finanz-, Vergleichs- und Testzeitungen wieder mehr verunsicherte Abonnenten gewonnen haben.

Und jetzt geht´s zum Vorwort

Vorwort

Ich hatte die Wahl, für mein Ziel den 798. Ratgeber zu schreiben, den kein Mensch liest, weil er die Jugendlichen nicht erreicht und weil er für die Erwachsenen zu spät kommt.

Oder etwas ganz Neues zu versuchen:
Die Informationen, die die Heranwachsenden dringend brauchen, um ihr eigenes Leben (zumindest finanziell) bestmöglich zu gestalten in die Form eines Jugendromans zu gießen, der hoffentlich eher zum Lesen reizt und die entsprechenden Informationen verständlich transportiert.

Mein oberstes Ziel ist, daß dieses Buch von jungen Menschen gelesen und verstanden wird. An allen möglichen Orten und zu jeder Gelegenheit wird lautstark bedauert, daß die Schule heutzutage nicht ausreichend auf das moderne Finanzleben vorbereiten würde. Immer wieder lese ich von den finanziellen Analphabeten, die es mit immer neuen Gesetzen zu schützen gelte, anstatt die entsprechende Bildung endlich in Angriff zu nehmen. Deshalb habe ich versucht, die wichtigsten Grundinformationen zum vernünftigen Umgang mit Geld und Versicherungen in die aktuelle Lebenswelt der jungen Generation zu verpacken. Ganz wichtig ist mir dabei, daß eine VOR-urteilsfreie Begegnung stattfindet. Obwohl es manche Schüler kaum glauben können: Lehrer sind auch nur Menschen! Sie transportieren die gleichen Vor-Urteile, die sie bei ihrer Erziehung erfahren haben, wie alle anderen „Normalos". Dazu kommt, daß die berühmt-berüchtigte „68-er-Generation" (zu der ich auch gehöre), jetzt im Pensionsalter ankommt. In den Lehrerzimmern haben diese „erfahrenen Haudegen" naturgemäß großes Gewicht. Sie treffen dort mit den oftmals von ihnen selbst ausgebildeten jüngeren Kollegen zusammen, die sie einst mit ihren „revolutionären Vorurteilen" gefüttert haben. Dazu gehört leider sehr häufig, daß alles, was mit Geld zu tun hat, schon einmal grundsätzlich verdächtig ist. Alles, was mit viel Geld zu tun hat, muß demnach von übel sein und Banken und – noch schlimmer – Versicherungen sind für viele Bürger (und damit auch für viele Lehrer) geradezu der Ausbund des Bösen und Unmoralischen, denn „die kassieren nur und wenn es ans zahlen geht, dann drücken sie sich".

Um es in aller Deutlichkeit zu sagen: Vieles, was sich, vor allem in jüngster Zeit auf dem Finanzsektor abspielte, ist nicht in Ordnung! Schon gar nicht die Verquickung von Bankeninteressen und Politik. Eine geistige Rückbesinnung auf ethische Grundsätze wäre dringend erforderlich. Aber: Es sind nicht die Institutionen, die die Mißstände verursacht haben, es sind die Menschen, die dort Entscheidungen treffen. (Aber diese Diskussion liefert den Stoff für ein weiteres Buch.)

Wenn Menschen schlechte Erfahrungen mit Banken und Versicherungen gemacht haben, dann liegt es fast immer an enttäuschten Erwartungen. Es haben Verkäufer und Berater nicht ordnungsgemäß aufgeklärt, oder die Kunden haben ganz einfach etwas erwartet, was ein kaufmännisch gewinnorientiertes Unternehmen nicht leisten kann.

Also liebe Eltern und liebe Lehrer! Machen wir den Kopf frei. Lehren wir unsere Jugendlichen, den heutigen Wirtschaftsfragen genauso vorurteilsfrei zu begegnen wie dem Satz des Thales, der Schlacht bei Waterloo oder der Glocke von Schiller.

Ich habe die Hoffnung, daß trotz Internet und social media doch noch ein paar Bücher gelesen werden. Vielleicht auch dieses?

Nachwort zum Vorwort

Für alle Eltern und Lehrer, die dieses Buch in die Hand bekommen, habe ich noch folgenden Hinweis:

Für den Fall, daß Sie für sich selbst auch Bedarf sehen, zu erfahren, worauf man beim Umgang mit Banken und Versicherungen achten sollte, habe ich am Ende des Buches noch zwei, hoffentlich für Sie werthaltige **Nachworte (mit diversen Anhängen)** beigefügt. Es handelt sich dabei zum Teil um verschiedene Arbeits- und Informationsblätter unserer Beratungs-Firma WBV Finanzservice-GmbH. (www.wbv-vogt.de)

WBV-Premiumkunden werden bestimmt beim Durchblättern das eine oder andere „Déjà-vu" haben. Wir stellen ihnen solche Informationen nämlich immer wieder, in loser Folge, kostenfrei zur Verfügung, bzw. ins Netz.

Unter dem Motto **„So wenig wie möglich Versicherungen aber so viel wie nötig"** berät und betreut meine Firma, seit 1972 Menschen jeden Alters und jeden Berufes. Mittlerweile führen zwei meiner Söhne die Geschäfte, so daß ich mich der „großflächigeren Aufklärung" widmen kann.

Wir lassen Menschen „ruhig schlafen", indem wir Ihnen die Sorgen nehmen, die heutzutage acht von zehn Erwachsenen umtreiben: *„Habe ich alle notwendigen Versicherungen? Habe ich unnötige Verträge? Und die, die ich habe, sind das auch die preiswertesten? Ist die von mir erhoffte Leistung wirklich gegeben? Sind diese Abschlüsse auch alle zeitgemäß oder gibt es schon wieder Erweiterungen und Verbesserungen? Oder Verbilligungen?"*

Liebe Leser, in unseren Büros arbeiten spezialisierte Mitarbeiter, die Sie im Rahmen eines (für unsere Premiumkunden) kostenfreien „Finanz-TÜVs" zu allen diesen Fragen **jährlich** auf dem Laufenden halten. Scheuen Sie sich nicht, fachliche Hilfen und Unterstützung anzunehmen. Sie bauen sich in aller Regel ja auch nicht ihr Auto oder Fahrrad selbst.

Schlußbemerkung: (Scherzhaft gemeint) Unbestätigten Gerüchten zufolge (☺) soll es sogar noch mehr qualifizierte und vertrauenswürdige Marktteilnehmer außer uns, geben. Hören Sie sich in Ihrem Umfeld um. Wichtig ist, daß **Sie** sich für jedes Gespräch genügend Zeit nehmen und so lange nachfragen, bis Sie **alles verstanden** haben.

Dafür hat sich unsere Firma ins Firmenlogo geschrieben: *„Wir nehmen uns Zeit für Ihre Fragen."*

Merke, es ist wie in der Schule: **Es gibt keine dummen Fragen! Es gibt nur dumme Antworten.** In diesem Sinne wünsche ich allen, auch den „Nur-Quer-und/oder-Nachwort-Lesern", den größtmöglichen Nutzen aus den vorliegenden Informationen.

Ihr Karl Vogt
Hattenhofen, im Juli 2014

Inhaltsverzeichnis

Kapitel 1

Familie Wertheim und Reli-Bauer

Kapitel 2

Cakubept - Existenzsichernd

Kapitel 3

Mathe-Mathes

Kapitel 4

Herr Schnell und Herr Heine

Kapitel 5

Erörterung zur Inflation

Kapitel 6

Sportlicher Wettkampf

Kapitel 7

Inflation ist nicht Währungsreform

Kapitel 8

Familie und Susan

Kapitel 9

Fritze auf Abwegen

Kapitel 10

Mädchen, Handys und der Fußball

Kapitel 11

Mathe und die 72-er-Regel

Kapitel 12

Umgang mit der Presse

Kapitel 13

Radrennen mit Jenny

Kapitel 14

Zukunftspläne

Kapitel 15

Inflation und Staatsfinanzen

Kapitel 16

Biologie bei Frau Haller mit frauenspezifischen Versorgungsfragen

Kapitel 17

Frau Wertheim ist versorgt

Kapitel 18

Kredit und Finanzierung

Kapitel 19

Fritze, Fußball und die Mädchen

Kapitel 20

Sarah und Stefan Koller

Kapitel 21

Besuch von Paten-Onkel Carsten Neuber, Beratung für Honorar

oder Provision? Und ein „Schicksalsschlag" für Tobbi

Kapitel 22

Große Entfernungen tun junger Liebe nicht gut.

Kapitel 23

Fritzes Karrieresprung

Kapitel 24

Berufsfindung

Kapitel 25

Anlegen mit Onkel Carsten

Kapitel 26

Die Eltern beruhigt

Kapitel 27

Zukunftspläne

Kapitel 28

Tobbi und Jenny, es hat gefunkt

Kapitel 29

Start ins Leben...

Das Nachwort 1,

Peinlich berührt

Vorurteile leben länger?

Das Geschäftsmodel einer Bank

Das Geschäftsmodell der Versicherung

Das Nachwort 2,

mit den versprochenen Zugaben zum informierten Umgang mit Geld und Finanzen

Ihre Arbeitskraft Ihr größtes Vermögen!

Versicherungsschutz für Geld und Besitz

Krankenversicherung! Darauf sollten Sie viel mehr achten als auf den PREIS:

Was gibt es beim Geldanlegen schon zu lernen?

Was ist Rendite?

Was ist Risiko?

Das Märchen von der Staatsgarantie

Die inflationäre Niedrigzins-Enteignung durch den Staat.

Eine kurze Bemerkung zum G O L D:

Über das Anlagemedium Gold läßt sich trefflich streiten.

Ich persönlich liebe die Fragen ans *„gelebte Leben":*

Zum Schluß laßt es Euch, (lassen Sie es sich) gesagt sein:

Es ist nicht immer alles SO offensichtlich, wie es scheint!

Kapitel 1

Familie Wertheim und Reli-Bauer

„Aufwachen! Schule gehen! Tobbi! Sarah! Aufstehen!" Mamas Stimme klang gnadenlos wie die eines Feldwebels aus dem 30-jährigen Krieg, falls es da schon Feldwebel gegeben hat. Tobbi stoppte mitten in der Drehbewegung mit der er sich eigentlich noch einmal umdrehen wollte und sprang aus dem Bett. Mit einem Satz war er an der Badezimmertüre. Heute mußte er vor Sarah drin sein. Für heute hatte Reli-Bauer einen „externen Fachmann" für ein besonderes Wirtschaftsthema angekündigt. Das versprach interessant zu werden. Da er von seinem Vater durchaus vorbelastet war, interessierte er sich sehr für die wirtschaftlichen Fragen, die Reli-Bauer hin und wieder in seinen Unterricht einbaute.

Stefan Bauer, wie er mit bürgerlichem Namen hieß, war der Religionslehrer am Erich-Kästner-Gymnasium. Er stand mit seinen 64 Jahren kurz vor der Pensionierung und hatte die gesamte Entwicklung des modernen Religionsunterrichts mitgemacht. Jetzt war er von „der Obrigkeit" verpflichtet worden, „Ethik-Unterricht" zu geben. Da ihm klar war, daß man mit Uralt-Philosophen keinen Hund hinter dem Smartphone-Ofen vorlocken konnte, war er auf eine tolle Idee gekommen: Er nannte es „Lebensschulung". Informationen, von denen er glaubte, daß gerade die heutige Generation nie genug bekommen könnte. Keine Google-Forschungen, sondern Selbstdenken. Das konnte sehr spannend sein. Und dazu gehörten eben auch ganz handfeste Informationen aus Politik und Wirtschaft. Von seinem Direktor hatte er dafür die Erlaubnis eingeholt, hin und wieder „echte Persönlichkeiten" aus diesen Bereichen einzuladen um die Materie für die Schüler lebensnah zu gestalten. Diese dankten ihm sein Engagement mit einer Aufmerksamkeit, von der die Mathe- und Lateinlehrer nur träumen konnten.

Tobbi überschlug seinen Zeitplan. Mit seinem Rennrad würde er, normalen Verkehr vorausgesetzt, etwa 15 Minuten zur Schule unterwegs sein. Drei Minuten waschen und Zähneputzen, 5 Minuten Blitzfrühstück, doch, das mußte reichen, wenn es ihm gelang, vor Sarah im Bad zu sein. Diese beschlagnahmte nämlich jeden Morgen, weiß der Geier wofür, das einzige Badezimmer der Wertheims für mindestens 15 Minuten. Diese 15 Minuten würden ihm heute fehlen. Sarah fuhr nicht mit dem Rad zur Schule, weil sie, wie sie behauptete, dort nicht verschwitzt herumsitzen wollte. In Wahrheit dachte sie wohl eher an den Sitz ihrer Frisur, der durch Wind und Wetter leiden würde. Und: Da war ja auch noch Fritz Koller, der beste Freund ihres Bruders Tobbi, der immer den Platz neben sich im Bus für sie frei hielt.

Sarah war ein hübsches sechzehnjähriges Mädchen. Ihre langen brünetten Haare hatte sie meist in einem lockeren Knoten hoch gesteckt. Sie umrahmten ein gleichmäßiges Jungmädchengesicht mit großen braunen Augen. Ihre schlanke Figur mit den langen Beinen begann sichtlich zur Frau zu werden.

Tobias war durchaus stolz auf seine jüngere Schwester. Er selbst war das, was man einen durchtrainierten sportlichen Typ nennt. Er hatte die schwarzen Haare seiner Mutter und die großen braunen Augen seines Vaters geerbt, was ihn zum heimlichen Schwarm von mindestens der Hälfte aller Mädchen seiner Klasse machte. Vor allem Jenny machte kein Hehl daraus, daß sie sich gerne auch öfter und außerhalb der Schule mit Tobbi getroffen hätte. Aber dafür stand ihm derzeit nicht der Sinn, denn er hatte sich, vor 2 Jahren, bei seinem High-School-Aufenthalt in Amerika, in Spartanburg (South Carolina), unsterblich in Susan verliebt. Er hielt mit ihr ständigen E-Mail-Kontakt und wollte sie, nach bestandenem Abitur, so schnell wie möglich wieder besuchen und in die Arme nehmen. Aber davon später.

Im Moment stand der Run zum Badezimmer an. Gut, Sarahs Zimmer war noch geschlossen. Sie war also noch nicht aufgestanden. Zufrieden drückte er die Badezimmertür auf – das heißt, er wollte drücken. Die Tür war zu. „He!" rief er an der Klinke rüttelnd. „Wer ist denn hier schon drin?" „Na wer schon", kam es von drinnen. „Der Hausbesitzer." „ Och Mann, Big Boß" ächzte Tobbi in einer leichten Mischung von Ärger und Resignation. „Du bist kein Hausbesitzer. Du bist ein Badbesetzer."

Seit Tobbi seinen 18. Geburtstag hinter sich hatte, war er in der Anrede für seinen Vater zu einem durchaus liebe- und respektvollen „Big Boß" übergegangen, weil ihm plötzlich die Anrede Papa oder Vater zu kindlich vorgekommen war. Für die Mutter hatte er den Begriff Mamutsch gefunden, der dann auch vom Rest der Familie gerne akzeptiert wurde. Der „Big Boß" blieb für ihn reserviert. Tja, beim Spitznamen erfinden erwies sich Tobbi als sehr kreativ. Seine Schwester Sarah wurde zu SARS. Die fast schon hysterischen Presseberichte über die aus China eingeschleppte Krankheit mit dem sperrigen Namen

„Schweres akutes Atemnotsyndrom" lag einfach zu schön nah am Vornamen von Sarah, als daß er auf diesen Scherz hätte verzichten wollen. Wer hat schon eine weltweit anerkannte Seuche zur Schwester - und darf sie auch noch so benennen?

Dabei hatte Sarah ja noch Glück. Ihre kleine Schwester Sybille hatte sich einen noch lustigeren Namen selbst eingehandelt. Sie konnte als Kleinkind das schwierige Wort Sybille einfach nicht aussprechen und blieb kurzerhand bei „Pille". Ab und zu feixte Tobbi, Mamutsch habe wohl dieselbe einmal vergessen, was der „Zwei-Kinder-Durchschnittsfamilie" plötzlich das Prädikat „kinderreich" eingebracht hätte. Vater meinte dazu scherzhaft, jetzt müßten sie aber doch besser aufpassen, denn ab dem vierten Kind gelte man in Deutschland als „asozial".

Doch zurück zum besetzten Badezimmer. Mittlerweile war auch Sarah-SARS aus ihrem Zimmer aufgetaucht und forderte energisch dazu auf, die Stätte ihrer morgendlichen Verschönerung frei zu geben. „Jetzt geduldet Euch eben noch 2 Minuten" lenkte Vater ein, „ich bin ja gleich fertig. Ich muß heute ausnahmsweise einmal schön sein. Ich habe einen wichtigen Termin." „So wichtig wie meiner kann der gar nicht sein" murrte Tobbi und schubste gleichzeitig die sich vordrängende Sarah zurück. „Langsam, junge Dame, ich war heute zuerst da." Sarah gab zwar nach, knurrte aber, „wenn ich wegen Euch den Bus nicht kriege..." Sie sprach die furchtbaren Konsequenzen gar nicht mehr aus, denn die Badezimmertür hatte sich geöffnet, ein frisch rasierter Vater war herausgetreten und Tobbi bereits hineingewitscht. Sarah trat von einem Bein aufs andere und sah im Geiste schon den Bus mit dem leeren Platz neben Stefan Koller Richtung Schule fahren. Aber sie hatte Glück. Tobbi war heute weniger an seinem Äußeren gelegen, als frisch und vor allem rechtzeitig in der Schule zu sein. Er kam in Rekordzeit wieder heraus und so schafften schließlich alle, die unter Termindruck standen, jeder für sich, rechtzeitig ihren Weg aus dem Haus. Die Mutter sah den Termin-Gestreßten kopfschüttelnd nach.

Vater fuhr in seinem Familien-Dienstwagen, Tobbi auf seinem Rennrad aus der vorvorherigen Saison (ein neueres Modell mit Bianchi-Carbon-Rahmen stand auf seiner Wunschliste ziemlich weit oben), und Sarah erreichte mit einem kleinen Zwischenspurt schließlich auch noch den freien Platz neben Stefan Koller.

„Was ist denn bei Euch heute geboten, daß Tobbi sich so aufführt?" fragte sie Stefan noch leicht keuchend. „Na ja, das weiß ich auch nicht so genau", meinte Stefan. „Reli-Bauer hat angekündigt, einen ganz besonderen Fachmann in Sachen Versicherungen eingeladen zu haben und du kennst ja Tobbi. Wenn er etwas Neues aus der Materie lernen kann, was Euer Vater vielleicht noch nicht weiß, dann ist er immer ganz spitz darauf." Sarah nickte grinsend und lehnte sich ganz „unauffällig" an Stefans Schulter. „Du hast recht", sagte sie, „aber ich glaube, das liegt auch daran, daß er mit Papa lernen und studieren will. Es gibt da so duale Studiengänge in dieser Versicherungsrichtung, und Papa müßte ihm ein Gehalt zahlen, womit er sich dann seine Wünsche leichter erfüllen könnte. Schließlich wartet eine Susan im fernen Amerika", grinste sie und Stefan legte seinen Arm um sie und meinte, „na ein Glück, daß Du nicht auch nach Amerika willst." Sarah wurde leicht rot, aber das sah Stefan nicht, denn er konnte ja nicht über ihren Kopf an seiner Schulter hinweg in ihr Gesicht sehen. Über diesem lockeren Gespräch hatte der Bus die Schule erreicht und Stefan verabschiedete sich für die nächsten 5 Stunden und machte sich ebenfalls auf den Weg zu Reli-Bauer und seinem geheimnisvollen „Stargast".

Kapitel 2

Cakubept - Existenzsichernd

Die 15 Gymnasiasten, die zusammen die 13a des Erich-Kästner-Gymnasiums bildeten, standen noch in kleinen Grüppchen zusammen. Momentan lag allerdings der Schwerpunkt des Interesses weniger auf Versicherungsthemen als auf dem Ergebnis der samstäglichen „Fußballschlacht" zwischen Bayern München und Borussia Dortmund. Es ging engagiert zur Sache. Dortmund hatte dieses Mal gewonnen und die Anhänger der Schwarz-Gelben" ihren Lieblingssong angestimmt: „Zieht den Bayern die Lederhosen aus, Lederhosen aus, Lederhosen aus. Zieht den Bayern..."

„Freunde der nackten Zahlen", rief Tobbi gerade. Er war erklärter Bayern-Fan, und nicht nur, weil sein Vater einen BMW fuhr. „Schaut Euch die Tabelle an. Wieviel Punkte Vorsprung hat Bayern noch, trotz dieser einmaligen Niederlage?" Der Spottgesang hörte jetzt zwar auf, aber überzeugt hatte er seine „Gegner" natürlich noch lange nicht. Die Diskussion wollte gerade in die nächste Runde gehen, da trat Reli-Bauer herein. Er legte sein Notiz-Merkbuch auf das Pult und forderte die Schüler auf: „Liebe Gemeinde, jetzt nehmt erst einmal Platz. Unser Gast sucht gerade noch einen Parkplatz und wird jeden Moment hier sein. Ich hoffe, Ihr löchert ihn mit Fragen. Laßt mal alle eure wohlgepflegten Vorurteile raus. Ich bin sicher, wir werden heute gute Argumente pro und contra hören. Unser Gast kommt nämlich nicht aus einem Versicherungsvorstand, sondern prüft und vergleicht aus unabhängiger Sicht schon seit mehr als 30 Jahren die Angebote des deutschen Marktes. Er gehört zu den wenigen wirklich unabhängigen und neutralen Fachleuten in diesem Bereich." „Ganz wie mein Vater," dachte Tobbi, als die Türe nach kurzem Klopfen aufsprang und herein kam – sein Vater.

„Hallo erstmal", sagte der lächelnd an die Klasse gewandt, „ich weiß ja nicht, ob ihr es wußtet... aber es ist schon sakrisch schwer, in dieser Gegend einen Parkplatz zu finden." Die Anspielung auf den langen Comedian Rüdiger Hoffman brachte die ersten in der Klasse schon ans Grinsen. Aha, da kam also einer, der war am Ball. Bis auf Stefan und Jenny hatten die anderen keine Ahnung, daß hier der Vater ihres Klassenkameraden Tobbi seinen Auftritt hatte.

Jetzt erst drehte der sich zum wartenden Reli-Bauer um, gab ihm, mit ebenfalls entschuldigenden Worten die Hand und fragte, „na, sind die Kandidaten bereit?" Ich denke schon, sagte Herr Bauer und lies seinen Blick prüfend über die Klasse schweifen: Tobias Wertheim kämpfte sichtlich noch mit seiner Verblüffung, sein Sitznachbar, Stefan Koller ebenfalls, aber beim Rest seiner „Gemeinde", wie er seine Schüler, in Anlehnung an das ehemalige Fach Religion gern nannte, war das Interesse, wie eigentlich immer, relativ gleichmäßig verteilt. Einige waren durchaus gespannt auf den „Fremden", einer oder zwei schienen auch Interesse am angebotenen Thema zu haben, zwei, drei der Schüler lehnten sich mit sichtlich zur Schau getragenem Desinteresse mit verschränkten Armen zurück. „Ist ja doch nur so ein „Versicherungsfuzzi" flüsterte der „schöne Anton" seiner Banknachbarin zu, die sich bereits wieder ihrem Smartphone zugewandt hatte, in der Hoffnung, in der Zeit, in der sich „der da vorne" einen ablaberte ihre Mails und SMS-en zu checken. Schließlich war sie jetzt bereits 15 Minuten ohne Verbindung zur Außenwelt gewesen. Aber die Ethikstunden bei Reli-Bauer waren immer sehr entspannt. Der stand nämlich auf dem Standpunkt, wenn die Politik schon Fächer schafft, in die man „freiwillig" kommen kann, dann sollte es auch freiwillig bleiben, dort etwas zu lernen und für sein Leben mitzunehmen. Einige in dieser Klasse nahmen dieses Angebot dankbar an, die anderen genossen den „druckfreien" Aufenthalt und beschäftigten sich derweil (wenigstens einigermaßen lautlos) mit ihren aktuellen elektronischen Begleitern. „Doch", sagte Herr Bauer, „ich glaube, wir können starten."

„Also, liebe Gemeinde, eröffnete er die offizielle Stunde, ich hatte Euch ja einen neutralen Fachmann aus dem Versicherungs- und Finanzgewerbe angekündigt, und da ist er nun: Herr Wertheim, ein freier Unternehmensberater für private Haushalte. Ich glaube so bezeichnen Sie sich und Ihre Tätigkeit, Herr Wertheim. Ist das richtig?" „Das stimmt bis aufs letzte Komma" nickte Tobbis Vater.

„Wertheim? Eh, der heißt ja wie Du," wandte sich die blonde Gabi vom Tisch hinter ihm an Tobias. „Kein Wunder," dreht sich Thomas zu ihr um, „er ist ja auch mein Vater." „Dein Daddy? Ja wie kraß ist das denn? Und Du hast nicht gewußt, daß der heute hier ist?" Jetzt war auf einmal die ganze Klasse hellwach und betrachtete den Mann am Pult aufmerksam.

Der grinste und meinte dann: „Seht ihr, genau aus diesem Grund habe ich zu Hause nichts durchdringen lassen. Jetzt seid ihr wenigstens alle mal richtig da und ich werde mich sehr bemühen, meinen Sohn nicht zu sehr zu blamieren. Ich erzähle Euch heute ganz einfach von „CAKUBEPT" und hoffe, dieser Ausdruck wandert nach der Stunde gleich auf die Notizseiten Eurer Handys, denn es lohnt sich, diesen Begriff nicht mehr zu vergessen.

"Was für ein Rezept?" fragte der schöne Anton nach. „Eins zum Kacken", feixte Siggi aus der hintersten Reihe, „hast Du doch gehört." „Kackrezept". „Toll". „Wie geht das?" Herr Wertheim ließ sich nicht aus der Ruhe bringen. „Wenn Ihr es euch so noch besser merken könnt, prima. Aber richtig schreiben müßt Ihr es schon, sonst hilft es Euch nach der Hochzeit nicht mehr viel."

„Wieso nach der Hochzeit?" fragte Jenny. Nun ja, Hochzeiten und Geburten von Kindern, das sind die Hauptanlässe" ... „zum Kacken", konnte sich der schöne Anton sein tolles Wortspiel nicht verkneifen. ... „zu denen Versicherungsvertreter und Bankverkäufer sich die Türe in die Hand geben, um Euch zu überzeugen, daß man auf keinen Fall ohne das besondere Startangebot der „Pfefferminzia-Versicherung" glücklich leben oder ohne ein Knix-Sparbuch der „Allotria-Bank" seine Kinder zu wertvollen Menschen erziehen könnte." „Wertvoll für wen", fragte Norbert, „wertvoll für die Bank?" „Du bist auf der Spur", nickte Herr Wertheim. „Laßt mich mein „Kack-Rezept" einfach mal mit Leben füllen, fuhr er mit einem Lächeln an die Witzbolde der Klasse fort.

Er begann die ominösen Buchstaben in großen Lettern untereinander an die Tafel zu schreiben.

Das nagelneue Kreidestück, das Herr Bauer ihm extra besorgt hatte, quietschte so durchdringend, daß es allen Anwesenden durch Mark und Bein ging. Ein zweites Mal war dem Vortragenden die Aufmerksamkeit aller gewiß und der Letzte im Raum war am Wegdösen gehindert. Wie ein routinierter Lehrer brach Herr Wertheim das große Kreidestück in drei handliche kleinere Teile, und schon quietschte nichts mehr. Die Buchstaben erschienen, einer nach dem andern, untereinander an der Tafel:

C

A

K

U

B

E

P

T.

„Also gut", machte sich der schöne Anton wieder bemerkbar. Man schreibt kacken also mit C." „Jetzt ist es aber genug", ging Reli-Bauer energisch dazwischen. Ich will doch hoffen, daß du deine anale Phase schon hinter dir hast, lieber Anton. Der schöne Anton zuckte etwas zurück. Er merkte wahrscheinlich selbst, daß diese Art Späßchen eigentlich nicht das Niveau eines Abiturienten hatten. „Is ja gut", maulte er noch ein wenig, aber von da ab blieb der Begriff an der Tafel vor weiteren Fäkal-Angriffen verschont.

„Mit diesem so wunderschön eingängigen Begriff möchte ich Euch eine Hilfestellung geben, für einen weiteren Begriff, der so ziemlich das Wichtigste ist, im Leben eines jeden erwachsenen Menschen." Herr Wertheim richtete diese Worte relativ eindrücklich an die jetzt noch aufmerksamen Zuhörer. Aber das sind wir doch jetzt schon", meinte Jenny, „wir sind doch fast alle schon 18 – und damit auch erwachsen." „Ja, da hast du durchaus recht. Aber ihr seid besondere Erwachsene. Ihr seid noch in der Ausbildung. In dieser Phase des erwachsen-Werdens sind die meisten von Euch noch in eine Familie eingebunden und werden von den Eltern mit dem Nötigsten versorgt. Um Essen, Trinken und ein Dach über dem Kopf müßt ihr Euch derzeit in aller Regel noch nicht sorgen. Das wird aber nicht immer so bleiben." „Hoffentlich" kam es von Siggi aus der letzten Bank. „Es wird Zeit, daß ich mein eigenes Geld verdiene und nicht wegen jedem Mist betteln muß." Ein paar andere nickten zustimmend. Man spürte, daß sich die jungen Leute darauf freuten, endlich selbstbestimmter zu leben. Hotel Mama war zwar bequem, aber auf Dauer doch nicht das Gelbe vom Ei.

„Und deshalb", nahm Herr Wertheim den Faden wieder auf, „damit Ihr Euch Euer Leben nach Euren eigenen Vorstellungen gestalten könnt, ist eines unerläßlich." „Genügend Knete", meldete sich jetzt Stefan auch einmal zu Wort.

„Koks oder Kohle könnten auch nicht schaden", pflichteten ihm die anderen bei. Ja, oder Kies oder Schotter, um die Bauwirtschaft nicht zu vergessen", grinste jetzt Reli-Bauer. „Alles das ist richtig, aber – was steht noch davor?" Man sah, daß jetzt in der Tat alle überlegten. Was könnte noch wichtiger sein als Geld? „Gesundheit" warf Jenny ein. „Auch das", bestätigte Herr Wertheim. „Aber was nützt mir die Gesundheit, wenn ich auf offener Straße verhungere?" Siggi aus der letzten Reihe war jetzt voll dabei. „Du hast vollkommen recht," stimmte ihm Tobbis Vater bei, deshalb gibt es ja noch etwas, was sogar über der Gesundheit als solcher steht. Er half ein wenig auf die Sprünge: "Wie kommt ihr denn, vorausgesetzt ihr seid gesund, an das notwendige Geld, um das Leben nach euren Vorstellungen zu führen?" „Durch Arbeit!" – „Durch Erbschaft", konnte sich Siggi nicht verkneifen und Norbert brachte auch noch einen Vorschlag: „Durch einen satten Lottogewinn!" „Dann brauchst Du aber erst mal Kohle um die Lottoeinsätze zu finanzieren!" Stefan dachte da ganz praktisch. „Ohne Moos nix los. Und bei einer Gewinn-Wahrscheinlichkeit von 1 zu ..." Ja, ja, Dr. Klugscheißer, schon gut, war ja nur als Gag gemeint."

„Wenn ihr euch nur einfach die richtige Reihenfolge vor Augen führt, dann habt ihr auch die Antwort. Das Wort Arbeit ist ja schon gefallen. Das war schon sehr richtig. Jetzt fehlt nur noch..." „Ein Arbeitsplatz!" „Richtig. Und wenn man so einen hat, was setzt man dann ein?" „Seine Arbeits-Kraft". Perfekt. Damit sind wir gedanklich ganz vorn." „Aber ohne Gesundheit habe ich auch keine Arbeitskraft", verteidigte Jenny noch einmal ihre erste Idee. „Wo du recht hast, hast du recht" bestärkte sie Herr Wertheim. Deshalb ist das erste und oberste Problem, das ihr als selbständige Erwachsene lösen müßt, **was kann eure Arbeitskraft gefährden?** Welche Gründe könnte es geben, daß ihr diese nicht mehr einsetzen könnt, somit kein Geld verdient und deshalb Eure Pläne und Wünsche nicht verwirklichen könnt? Ich will es abkürzen, denn unsere Zeit ist ja begrenzt. Er lächelte wieder, jetzt kommt unser be..knacktes Zauberwort zum Einsatz: Das berühmte CAKUBEPT. Hätte man jetzt einen Comic-Zeichner beauftragt, die Klasse zu zeichnen, er hätte ganz gewiß über jedem Kopf ein Fragezeichen eingesetzt. Alle waren voll dabei. Was hatte CAKUBEPT mit Arbeitskraft und Geld verdienen zu tun?

„CACUBEPT ist ein sogenanntes Akronym." Da Tobias wußte, daß sein Vater sehr gern mit solchen Akronymen Sachverhalte erklärte, weil sie einprägsamer waren als sich nur eine Reihe von Begriffen zu merken, steuerte er seinen ersten Beitrag an diesem Vormittag bei: „Ein Akronym ist ein Wort, das sich aus den Anfangsbuchstaben verschiedener anderer Wörter zusammensetzt." Reli-Bauer staunte: „Weißt du dafür auch ein Beispiel?" „Klar: ADAC (= Allgemeiner Deutscher Automobil-Club) oder TÜV (Technischer Überwachungs-Verein) oder..." Sein Vater unterbrach ihn, „oder CAKUBEPT! Wir brauchen jetzt nur noch die Wörter zu finden, deren erste Buchstaben hier bereits – er zeigte an die Tafel – stehen. Wer fängt an? Zu finden sind **Begriffe, die Euch oder jeden anderen Menschen daran hindern, seine Arbeitskraft einzusetzen** und mit ihr das Geld zu verdienen, das er für seine Pläne braucht.

Beginnen wir ruhig mit Jennys Gesundheit. „Gesundheit hindert mich doch nicht daran, Geld zu verdienen", der schöne Anton war aus seinem Schmollwinkel zurückgekehrt. „Gesundheit nicht – aber was ist das Gegenteil von Gesundheit?" Jetzt war der Groschen gefallen. „Krankheit" kam es fast wie im Chor und Herr Wertheim ergänzte das „K" von CAKUBEPT um „ . ankheit". „U" ist Unfall", kam es jetzt aus der Klasse. „Richtig. „ . nfallfolgen" erschien an der Tafel. „T" wie Tod. Auch das „T" aus CAKUBEPT hatte seine Ergänzung gefunden. „P" könnte Pflege heißen. Wenn ich Pflegefall bin, habe ich auch keine Arbeitskraft mehr." Norbert fand jetzt richtig Gefallen an dem „Spiel". „B" wie Berufsunfähigkeit", kam es jetzt. „Stimmt auch. So, jetzt denkt mal nicht nur in die Richtung körperlicher Probleme. Was könnte das „A" heißen?" „Alter!" „Uii", sagte Herr Wertheim, damit beleidigst du aber deine Großeltern. Haben die keine Arbeitskraft mehr? Wenn vielleicht auch ein bißchen weniger?" „Meine Großeltern sind tot", kam die Antwort. Dann fällt die fehlende Arbeitskraft aber unter „T" nahm Stefan der kleinen aufgekommenen Peinlichkeit die Spitze. Dankbar dafür half Tobbis Vater mit der Lösung für das „A". „Was haltet ihr von „Arbeitslosigkeit?" „Da hat man aber noch seine Arbeitskraft", kam der Einwand. „Das ist richtig, die Frage richtete sich aber auf **„Begriffe, die Euch hindern, eure Arbeitskraft einzusetzen."** Und da gehört die Arbeitslosigkeit schon dazu, oder? So, jetzt fehlen nur noch das „C" und das „E". Wer hat Vorschläge?

Allerlei Begriffe, die alle abgelehnt wurden, flogen durch den Raum. Dann sagte eine „Erwerbsunfähigkeit". „Das ist doch das gleiche wie Berufsunfähigkeit", meinte Siggi. „Nicht ganz" schützte Herr Wertheim den neuen Begriff. „Wer „berufs"unfähig ist, kann immer noch einem anderen „Broterwerb" nachgehen. Die totale Erwerbs-Unfähigkeit, also der Fall, daß jemand nicht einmal mehr drei Stunden täglich „irgend etwas" tun könnte, kommt natürlich weitaus seltener vor und ist deshalb...? Teurer oder billiger in der Versicherung?" Nach kurzer Diskussion hatte sich die Klasse auf „billiger" geeinigt. „Klar", bestätigte der Fachmann. „Wenn etwas nicht so häufig vorkommt, muß die Gesellschaft die eingesammelten Beiträge nicht so oft wieder herausrükken. Aus Konkurrenzgründen wird sie sich deshalb gleich mit weniger Beitrag begnügen. So, jetzt fehlt nur noch das erste „C". Wollt Ihr noch einmal raten? Es ist ein Begriff aus 2 Wörtern, den die heutigen Erwachsenen oft mit Jugendlichen in Verbindung bringen, dabei gibt es prozentual mindestens gleichviel Erwachsene, die damit geschlagen sind und deshalb ihre Arbeitskraft nicht zum Einsatz bringen. Es ist die... **C**hronische ..." „Faulheit!" „Exakt. Das einzige menschliche Phänomen, gegen das es keinen Schutz und keine Versicherung gibt. Bei Arbeitslosigkeit sorgen die staatlichen öffentlichen Kassen für Hilfestellungen. Alles andere kann und sollte unbedingt versichert werden. Tod natürlich nur, wenn es Hinterbliebene gibt, die versorgt werden müssen. Bei Krankheit sorgt ebenfalls der Staat, zumindest für Arbeitnehmer, daß die Katastrophe nicht gar zu groß wird, bei Berufs- und Erwerbs-Unfähigkeit haben sich die öffentlichen Kassen gerade erst, wegen erheblichen Geldmangels, sehr weit zurückgezogen. Für diese Fälle kommt ihr um einen privaten Versicherungsabschluß heutzutage nicht mehr herum. Wer den nicht macht oder womöglich keinen Schutz mehr bekommt, weil er zu viele Vorerkrankungen hat, der ist im Fall der Fälle richtig gekniffen. „Aber was heißt das, „den Schutz gar nicht bekommen"?" fragte Jenny. „Müssen die Versicherungen nicht jeden nehmen?" „Vielen Dank, Jenny. Jetzt sind wir an der Wurzel aller Mißverständnisse." Fragende Blicke aus der Gruppe.

Herr Wertheim holte sich kurz per Blickkontakt mit Reli-Bauer dessen Einverständnis, an dieser Stelle etwas auszuholen. „Nun ja", begann er, „wer an dieser Stelle richtig mitdenkt und nicht wegschläft, der bekommt jetzt gleich die Antwort auf alle Vorurteile zur Welt der Versicherungen und deren schlechtem Ruf." „Na da bin ich jetzt aber gespannt", flüsterte Benny zu seiner Nachbarin. Herr Wertheim fuhr fort: „Der Staat – also die Gemeinschaft aller Bürger die in einer Nation zusammenleben – hat eine Reihe von Gemeinschaftsaufgaben zu übernehmen. Unter anderem gehört dazu, dafür zu sorgen, daß in Not geratenen Menschen geholfen wird. In einem reichen Land, wie dem unseren, sollte es nicht vorkommen, daß Menschen auf offener Straße verhungern." „Passiert ja auch nicht", grummelte es aus der Klasse. „Richtig", bestätigte Herr Wertheim. „Aber in Afrika, Indien oder China schon. Daß es bei uns nicht mehr so ist, zeigt, daß das Staatsleben bei uns durchaus gut funktioniert. Es funktioniert vor allem deshalb so gut, weil es in den vergangenen Jahrzehnten gelungen ist, den Menschen ein Gefühl für soziale Verantwortung einzuimpfen und sie zu der Einsicht zu bringen, daß mit dem Erwerb von Kapital und Besitz auch Verantwortung verbunden ist. Die Väter des Grundgesetzes haben diese Idee in **Artikel 14 Absatz 2** ausdrücklich festgeschrieben. Dieser Artikel lautet: *„Eigentum verpflichtet. Sein Gebrauch soll zugleich dem Wohle der Allgemeinheit dienen."*

Ich empfehle Euch, diesen Artikel einmal im Original „nach zu googeln". Eine gute Fundstelle ist: http://de.wikipedia.org/wiki/Sozialpflichtigkeit_des_Eigentums. Daraus leitet sich die Idee einer „Besteuerung nach Leistungsfähigkeit" ab. Das heißt nichts anderes, als daß die, die viel verdienen oder besitzen viel Steuern zahlen. Je weniger einer verdient oder besitzt, desto weniger zahlt er an Steuern."

„Das stimmt aber nicht ganz", widersprach der schöne Anton. „Mein Onkel Herbert verdient als Sanitäter keine Reichtümer, hat sich aber erst letzte Woche bei meinem Vater bitter beklagt, daß er so hohe Abzüge hat, daß ihm kaum genug zum Leben bleibt."

„Vielen Dank, Anton, für diesen Einwurf", nickte Herr Wertheim Anton zu. „Das gibt mir die Gelegenheit, gleich noch ein weiteres fundamentales Mißverständnis auszuräumen: Die Abzüge, die dein Onkel so beklagt, sind weniger seine Steuerabzüge als Abzüge für die diversen **Sozialabgaben** für Krankheit, Rente, Pflege und Arbeitslosigkeit. Jedem *Steuer*pflichtigen in Deutschland steht ein jährlicher steuerlicher Grundfreibetrag zu. Für Ledige liegt der in 2013 bei 8.130 €. Für Verheiratete gilt immer das Doppelte. Dieser Freibetrag wird von Zeit zu Zeit „politisch" angepaßt. 2014 soll er beispielsweise auf 8.354 € steigen. Und was darüber hinaus verdient wird, unterliegt auch nur einem sogenannten „Eingangs-Steuersatz" von 14 %. Herr Wertheim merkte, daß jetzt schon zuviel Theorie ins Spiel kam. Einige Schüler begannen bereits nach ihren Smartphones zu greifen. Deshalb beschloß er, nicht näher auf das Einzelbeispiel einzugehen sondern den „nächsten Knaller" zu setzen:

„Ganz wichtig, für jeden Einzelnen von Euch, ist es, zu begreifen, daß die gesetzliche Rentenversicherung, die gesetzliche Kranken- und Pflegeversicherung gar keine Versicherungen sind!" Das saß. Sogar Herr Bauer stutzte. „Und was sind sie dann?" „SUS - **S**taatliche **U**mverteilungs-**S**ysteme."

„Das klingt ja schon fast nach Kommunismus" rief Florian. „Nicht nur der Kommunismus verteilt um", bestätigte Herr Wertheim. „So, wie Steuern ja auch nichts anderes sind, als eine Umverteilung von einem auf viele, so ist die sogenannte „Arbeitslosen-Versicherung" eine Umverteilung von Arbeitsplatz-Inhabern auf Arbeitslose. Die „Renten-Versicherung" verteilt um, von Jung zu Alt, die „Kranken-Versicherung" von Gesund zu Krank und die „Pflege-Versicherung" von Gesund zu Pflegebedürftig." „Und warum sollten das keine Versicherungen sein, wenn sie schon so heißen?" Die Schüler waren noch nicht überzeugt. Herr Wertheim provozierte noch mehr: „Weil sie so benannt wurden, damit das Volk eher einsieht, daß es Geld locker machen muß. Gegen ausdrückliche „Umverteilung" regt sich viel mehr Widerspruch, wie ihr ja bei euch selbst gerade bemerkt habt. Der Begriff „Versicherung" verspricht dem Unterbewußten „Sicherheit". Der treffendere Begriff „Umverteilung" klingt nach „Wegnehmen", nach „Gewalt" und dagegen muß man sich wehren. Stimmt's oder stimmt's? Die Bezeichnung „Abgaben" trifft's eigentlich viel besser. Immer, wenn von „Steuer- und Sozialabgaben" die Rede ist, ist man viel genauer."

Norbert warf ein, „aber eigentlich ist es doch völlig schnurz, ob man das Kind „Abgaben" oder „Versicherung" nennt. Das Geld ist so oder so weg." „Das stimmt nur oberflächlich gesehen", erwiderte Tobbis Vater. „Zum einen führte die falsche Bezeichnung „Versicherung" zur falschen Annahme, alle „Versicherung" genannten Einrichtungen müßten, zumindest in ähnlicher Weise funktionieren…" „Ja, aber funktionieren tun eigentlich nur die gesetzlichen, nicht wahr? Alle anderen wollen doch immer nur kassieren und wenn´s ans Zahlen geht, dann drücken sie sich." Jetzt waren wieder alle wach. Der Ton wurde kämpferischer. „Jetzt haben wir endlich auch dieses „Vorurteil" auf dem Tisch, welches das tiefst sitzende in der Gesellschaft überhaupt ist. Haben wir noch etwa 10 Minuten, um es zu entschärfen?" wandte sich Herr Wertheim an Reli-Bauer. Dieser nickte: „Wenn die jungen Damen und Herren einen kleinen Teil ihrer nächsten Pause opfern, sollte es reichen. Seid ihr einverstanden?" fragte er die Klasse. „Jetzt wird´s ja grade spannend. Jetzt lassen wir ihn nicht mehr entkommen", war die einhellige Meinung.

„Gut", freute sich Herr Wertheim, „dann machen wir das rasch und zügig. Sinnvollerweise beginnen wir mit Definitionen, auf die wir uns verständigen können. **Was ist eine Versicherung?** Wozu dient sie? Wie wird sie kalkuliert? Und wer betreibt sie?" „Und das wollen Sie alles in 15 Minuten erklären?" „Natürlich nicht ins kleinste Detail. Dafür gibt es genügend Fachbücher, für die, die sich wirklich dafür interessieren." Er blickte dabei ein wenig zu seinem Sohn Tobias hinüber, der immer noch relativ staunend verfolgte, wie sich die gesamte Klasse von seinem Vater für diese, so oft als „trocken" bezeichnete Thematik einfangen ließ. Der alte Herr machte das wirklich gut. Der Name „Big Boß" bekam eine ganz neue Bedeutung.

„Aber ein paar „Pfosten" möchte ich schon einschlagen. Kürzen wir´s ab: Wozu dient eine Versicherung?" Die Antworten kamen zügig: „Um bei einem Unfall zu zahlen, wenn ich selbst das Geld nicht habe." „Um Kosten für Schadensfälle zu übernehmen." „Für Ersatz wenn irgendwas kaputt geht." Es folgten noch ein paar Vorschläge. Dann faßte Herr Wertheim zusammen: „Können wir uns auf folgende Beschreibung einigen? 1. Eine Versicherung verteilt ein Risiko von einem Einzelnen auf eine Vielzahl von Schultern. Quasi „Einer für alle, alle für einen." 2. Eine Versicherung sollte immer dann bestehen, wenn es um Risiken geht, die die gesamte Existenz eines Einzelnen gefährden und die er nicht mit eigener Vorsorge tragen kann, weil er zum Einen gar nicht weiß, OB er den versicherten Schaden überhaupt erleiden wird und wenn ja, in welcher Höhe. 3. Eine Versicherung leistet auch dann gute Dienste, wenn sie nennenswerte Beträge unmittelbar zur Verfügung stellt, die sonst gar nicht oder nur mit Kredithilfe zu schultern gewesen wären. Typisches Beispiel, ein Autounfall, der sicherlich nicht geplant stattfindet, und der die gesamten Ersparnisse der letzten Jahre auffressen könnte. Ein Verzicht auf ein neues oder repariertes Auto ist aber häufig nicht möglich, weil das „heilix Blechle" für den täglichen Arbeitsweg, z.B. vom Dorf in die Stadt unbedingt gebraucht wird."

„Bis hierher treffen aber alle Kriterien auch auf die Sozialversicherungen zu." Norbert hatte immer noch Lust zur Provokation. „Aber ja", stimmte ihm Herr Wertheim zu. Deshalb kann ja auch kein vernünftiger Mensch etwas gegen diese sozialen Umverteilungseinrichtungen haben. Nur „Versicherungen" sind es eben nicht. Das beweist sich von ganz alleine, wenn wir die nächste Fragestellung angehen: **„Wie wird eine Versicherung kalkuliert?"** Man muß ein bestimmtes Risiko möglichst präzise und klar definieren. Danach muß man statistische Werte in möglichst großer Zahl zusammentragen, eine Portion Wahrscheinlichkeitsrechnung hineinrühren und dann zu kaufmännischen Ergebnissen kommen." „Kaufmännische Ergebnisse? Wozu das denn?" Jenny sah etwas verwirrt drein. „Damit erledigt sich die Antwort für unsere dritte Frage gleich mit: Jede private Versicherung ist eine kaufmännische Einrichtung in dem Sinne, daß sie Gewinne machen **muß**, um zu überleben und damit ihren Auftrag überhaupt erfüllen kann. Niemandem wäre damit gedient, wenn eine Versicherungsgesellschaft nicht sorgfältig alle Risiken berechnete, Mißbrauchstatbestände weitgehend abwehrte und am Ende des Jahres mehr Geld eingenommen als ausgegeben hätte. Das ist kaufmännisch gedacht. Übrigens auch „kauffraulich", grinste Tobbis Vater zu Jenny hinüber. „Zusammengefaßt könnte man sagen: Versicherungen sind Unternehmen, die mit der Übernahme von Lebensrisiken Geld verdienen, indem sie diese mit Hilfe von Statistiken und Wahrscheinlichkeiten vorausberechnen und kaufmännisch kalkulieren.

Versichere ich eine Sache, so ist es wichtig, was diese Sache kostet, wie lange sie haltbar ist und mit welcher Wahrscheinlichkeit sie beschädigt werden könnte. Decke ich ein Personenrisiko, im Fachchinesischen spricht man von „biometrischen Risiken", dann müssen Kriterien herangezogen werden, die in der versicherten Person liegen: Ist sie männlich oder weiblich, ist sie jung oder alt, ist sie Kopf- oder Handarbeiter, ist sie viel oder wenig unterwegs usw. usw. Auch, und das ist nicht unerheblich: Ist die betreffende Person bereits „vorbeschädigt" oder nicht. Ein privater Krankenversicherer, der einen zuckerkranken Mann versichern soll, weiß bereits bei Abschluß, daß dieser sein Leben lang viele teure Medikamente braucht und auch höchst gefährdet für weitere Folgekrankheiten ist, was für den Versicherer weitere Zahlungen bedeuten würde. Wie soll er so etwas kalkulieren, wie soll er das „zahlbar" einpreisen? Also wird er davon Abstand nehmen, diesen Kunden zu versichern, obwohl dieser wahrscheinlich liebend gern abgeschlossen und Beiträge gezahlt hätte. Manchmal helfen auch sogenannte Risikozuschläge, wenn die Vorerkrankung noch nicht so heftig oder weniger eindeutig kostenträchtig ist. Dann muß so ein „Vorerkrankter" mehr bezahlen, als ein gleichaltriger Gesunder.

Und jetzt werft einmal einen Blick auf die gesetzliche Krankenversorgung. Bei der AOK (= Allgemeine Orts-Krankenkasse) oder auf die anderen öffentlichen Kranken-**kassen**. Merkt Ihr was? „Schon wieder ein Agronom." Der dicke Berti trug auch etwas zur Unterhaltung bei, was sonst nicht so oft vorkam. „Akronym, du Vollpfosten" verbesserte Norbert. „Blödsinn, was Du meinst, ist anonym, einer, der ganz allein wirtschaftete." „Oh Mann, so einer ist autonom." „Nee, nee, autonom handelt einer, der immer preiswert einkauft." „Der handelt ökonomisch." „Jetzt hat´s dich aber. Das heißt ökologisch." „Unsinn, das ist einer der umweltgerecht ...."

„Also damit könntet Ihr wirklich auftreten", grinste Herr Wertheim beeindruckt, „aber um zum Thema zurückzukommen: Das „K" in AOK steht für „Krankenkasse" und nicht für „Kersicherung". Er hatte den Ball wieder. „Und Kasse trifft es auch: Egal, ob jemand alt oder jung ist, egal ob Männlein oder Weiblein, krank oder gesund, die gesetzliche Kranken**K**asse nimmt alle auf. Sie verlangt auch keine Zuschläge. Sie bezahlt den betreffenden „Mitgliedern" - eben gerade nicht den „Versicherten" - alles das, was die Politik für notwendig hält, um die Gesundheit Ihrer Bürger wieder herzustellen oder zu erhalten. Der zu zahlende Beitrag richtet sich dabei überhaupt nicht nach irgendwelchen Risiken sondern einzig und allein nach dem Gehalt, Einkommen oder Verdienst. Wer viel verdient, bezahlt viel, wer wenig verdient, bezahlt wenig. Und alle bekommen die gleiche Leistung. Das ist keine Versicherung, wie wir das oben definiert haben. Oder seht ihr das anders?" Herr Wertheim hatte sich jetzt richtig in Rage geredet. In der Klasse blieb es eine kleine Zeitlang still. Dann schrillte die Pausenglocke.

Herr Bauer übernahm es, für die Klasse zu formulieren: „Tja, wenn das einmal so gegenübergestellt wird, dann haben Sie schon recht. Trotzdem haben die gesetzlichen Einrichtungen eine wichtige Aufgabe in unserer Gesellschaft." „Da haben Sie absolut recht", bestätigte Herr Wertheim. Zahllose Menschen würden auf den Schutz vor Krankheit und Pflege verzichten, wenn sie nicht in diese Zwangskassen einzahlen müßten. Das lebende Beispiel für diese kollektive Unvernunft ist Amerika. Auch dort gibt es Sozialversicherungen, die aber, zumindest bis noch vor Kurzem, nicht verpflichtend waren.

Das Soziale kommt durchaus stärker zum Tragen als bei einer privat organisierten Versicherung. Wer „kaufmännisch" nicht mehr kalkulierbar ist, bekommt aus den staatlichen Kassen seine Versorgung, die von den anderen Mitgliedern mitfinanziert wird." Er machte eine Pause. „Und genau darin liegt eine der tiefsten Wurzeln der Vorurteile gegen private Versicherungen. Viele Menschen übertragen ihre Erfahrungswelt aus dem System der Umverteilung auf die kaufmännischen Unternehmen und bringen keinerlei Verständnis dafür auf, daß eben nicht jeder und jede aufgenommen werden kann und daß eben nicht jeder auch nur denkbare Minischaden gedeckt werden kann. Die Versicherungs-Gesellschaften haben es meiner Meinung nach bis heute versäumt, diesen Umstand viel deutlicher zur Kenntnis zu bringen. Was viele Menschen am schlimmsten trifft, sind enttäuschte Erwartungen. Daran sind ja auch schon zahllose Ehen gescheitert.

Nichtsdestotrotz haben aber auch private Versicherungen, obwohl sie Geld verdienen wollen, ja, eigentlich Geld verdienen müssen, einen nicht unerheblichen sozialen Auftrag. Wie sähe die Welt aus, wenn nicht nach Überschwemmungen und Hagelstürmen, wenn nicht nach Bränden oder Autounfällen Milliarden von Schadenszahlungen geleistet würden, an Menschen, die in ihrer persönlichen Not, zusätzlich zum Schicksalsschlag dann auch noch in finanzieller Auswegloslosigkeit versinken würden. Keine Versicherung der Welt kann ein Unglück verhindern, obwohl viele Verträge unterbewußt so abgeschlossen wurden. Mit einer Unfallversicherung vermeide ich Unfälle... Diese Erwartung ist Unsinn. Aber ich kann die finanziellen Folgen dieser Unfälle mildern. Ich kann neu durchstarten und ich falle weder meinen Angehörigen noch der Allgemeinheit zur Last.

Das, meine Damen und Herren", wandte er sich noch einmal eindrücklich an die Klasse, „Das ist der Grund, weshalb ich diesen Beruf ergriffen habe und, warum ich heute sehr gerne der Einladung Eures Lehrers gefolgt bin und mit großer Freude mit euch diskutiert habe. Wenn ihr weitere Fragen zu Wirtschaftsthemen habt, bin ich gerne zu einem weiteren Besuch bei Euch bereit oder, Ihr wendet Euch an meinen „Mitarbeiter" Tobias, den ich bei Euch eingeschleust habe, und der die nötigen Antworten gerne überbringen wird, nicht war Tobbi?" Gelächter und dankbarer Beifall und Klopfen auf die Tische beendete die Stunde. Jetzt waren alle so schnell draußen, daß Reli-Bauer das offizielle Schlußwort erspart blieb.

Kapitel 3

Mathe-Mathes

Mathe bei Mathe-Mathes! Eigentlich hieß er ja Mathias Sturm, aber „Mathe-Mathes klang einfach cooler. Eine harte Stunde erwartete die 13a. Als Herr Sturm eilenden Schritts und mit wehendem weißen Arbeitsmantel in den Klassenraum stürmte, und seinem tatsächlichen Namen alle Ehre machend, seine Arbeitsbücher auf den Tisch knallte, wurde es vorübergehend still. „Heute wollen wir mal ein paar Kurvendiskussionen wiederholen", begann er." „Schon wieder diskutieren? Hört das denn nie auf?" Der schöne Anton hatte heute wirklich seinen witzigen Tag. Leider verfügte Herr Mathes nicht über die dazu passende Portion Humor. „Schwing keine dämlichen Reden, Herr Anton. Komm lieber an die Tafel."

Ja, Herr Mathes war das, was man einen „harten Hund" nennen konnte. Er war 1969 geboren und aufgewachsen in den unruhigen Sechziger Jahren des letzten Jahrhunderts. Seine Studienzeit war geprägt von Professoren, die man später als die berühmt-berüchtigte „68-er-Generation" bezeichnete. Deren bekanntester Schlachtruf, in Anspielung auf das gerade untergegangene „1000-jährige Reich": *Unter den Talaren – Muff von 1000 Jahren*, war es, der die Erwachsenenwelt damals verschreckte. Man wollte endlich Veränderung. Immer noch saßen „Alt-Nazis" an wichtigen Schaltstellen des gesellschaftlichen und politischen Lebens. (Beispielsweise ein Hans Filbinger als Ministerpräsident in Baden-Württemberg). Man wollte Reformen. Man wollte auch Frieden! Der Vietnam-Krieg und seine Greuel beherrschten damals die Presse. Kurz: Das „Establishment" mußte weg. Reformen her.

Ohne große Unterschiede zu machen, warf man damals die Herrschenden, die Mächtigen und Geld, Macht und Einfluß in einen großen Topf und erklärte diesen zum Feindbild Nummer 1. Tja, und Herrn Sturms Professoren waren die Studenten dieser Tage. Wen wundert es, daß sie versuchten, ihre Überzeugungen weiter zu geben? So wird es denn auch durchaus verständlich, wenn alles, was „Konzern" genannt wurde von vorn herein zuerst einmal „verdächtig" erschien. Alles, was mit „Geld" oder sogar mit „viel Geld" zu tun hatte, trug zunächst schon einmal den „Keim des Bösen" in sich. Mathias Sturm scheute sich keineswegs, diese Vorurteile zu pflegen und aktiv an seine

Schüler weiter zu reichen, obwohl er darüber hinaus eigentlich ein sehr offener und engagierter Lehrer war. Allerdings: Aufmüpfigkeit oder Unaufmerksamkeit konnte er gar nicht leiden. Was man vielleicht als seine persönliche Gegenreaktion auf die „antiautoritären" Bemühungen seiner „68er-Lehrer" interpretieren könnte. Irgendwie mußte man doch auch etwas anders machen, als die Älteren...

Fast zwanzig Jahre praktische Erfahrung hatte er bereits im Schulalltag gesammelt. Etwa genau so viel Zeit lag noch vor ihm. Seine Lieblings-Vor-Urteile konnte er im Fach Mathematik durchaus genüßlich pflegen und weiter verbreiten. Andrerseits war er sich durchaus bewußt, daß seine Fächerkombination Mathe/Physik nicht jedermanns Sache waren und in der allgemeinen Beliebtheit Sport und Musik deutlich nachstanden. Aber er war sich ebenso bewußt, wie wichtig Mathe und Naturwissenschaften für jedes künftige Leben waren. Während Musik und Sport nur wenige auserwählte Spitzentalente ernähren könnten. „Wer nicht rechnen kann, kommt unter die Räder. Dem wird von den Bank-Konzernen bei lebendigem Leib das Fell über die Ohren gezogen." So lautete einer seiner beliebtesten Sprüche.

Wahrscheinlich hätten das sogar noch viel mehr Schüler Ernst genommen, wenn es tatsächlich immer ums **Rechnen** gegangen wäre und nicht, jetzt kurz vor dem Abi, um Integral- und Differentialrechnen und andere Gehirn-Grausamkeiten. Wem sollte das schon nützen? Aber Mathes hatte da gar keinen Spielraum. Den Lehrplan hatte er nicht zu verantworten. Manchmal, wenn sie gerade diskussionsfreudiger aufgelegt waren, hatten einige der Schüler schon angeregt, daß es doch sinnvoller wäre, lebensnahe Textaufgaben, Dreisatz-Techniken, Rechnungen mit einer oder zwei Unbekannten, sowie Prozent- und Promille-Berechnungen oder Zinseszinsformeln im letzten Jahr vor dem Schulabgang durchzunehmen und die Möglichkeiten, die die Mathe für künftige Ingenieure und andere Zahlenfachleute zweifellos bot, in die 11. Und 12. Klasse vorzuverlegen. So blöde, daß man der Materie dort schlechter folgen könnte als in der Abschlußklasse, waren heute 16-,17-Jährige auch nicht mehr. Eine größere Portion Lebensnähe hätte gewiß niemandem geschadet. Aber wie sagte schon der alte Platon? „Nicht für´s Leben, für die Schule lernen wir." („sed scolæ, non vitæ discimus.") Daß spätere Generationen von Erziehern diesen Satz ins glatte Gegenteil umfunktionierten und daraus „Nicht für die Schule, für's Leben lernen wir:" gemacht haben, ist zwar pädagogisch verständlich und einsichtig, sprachlich aber trotzdem falsch – und leider auch an der gegenwärtigen Schulsituation meistens haarscharf vorbei. Mathe-Mathes punktete gerne mit dieser Korrektur der pädagogischen Vorstellungen.

Aber zurück in die heutige Mathestunde: Nachdem er den schönen Anton an der Tafel ordentlich zurechtgestutzt hatte, nahm er sich noch einige andere vor. Vor allem auf den dicken Berti hatte er es irgendwie abgesehen. Der aber war durch das witzige „Gehirn-Jogging" mit Norbert in der vorigen Stunde, innerlich so richtig wach und bot heftig Paroli. „Donnerwetter, heute bist Du aber gut vorbereitet", konnte Herr Sturm nicht anders, als Berti zu loben. „Tja – bei mir ist eben nicht nur der Bauch sondern auch das Hirn überdurchschnittlich ausgeprägt", konnte Bertie es darauf hin nicht lassen, seinen Vorteil selbstironisch auszukosten. „Na gut", seufzte Herr Sturm, „dann glauben wir das eben auch noch" und notierte – gerecht war er schon – eine fette Zwei plus in seinem roten Lehrerkalender. Einser vergab er aus Prinzip nie. Da hätte selbst Albert Einstein keine Chance gehabt, der im Gegensatz zu seinem „offiziellen Ruf" ein durchaus guter Schüler gewesen war. Während der Rest der Klasse noch zwischen Be- und Verwunderung schwankte, beendete das Läuten der Pausenklingel die Mathestunde.

Kapitel 4

Herr Schnell und Herr Heine

Jetzt war zunächst einmal ein Marsch quer über das Schulgelände angesagt, denn auf dem Schulsportplatz wartete der „schnelle Schnell". Wolfgang Schnell, wie sein bürgerlicher Name außerhalb der Schule lautete, war der Sportlehrer am Erich-Kästner-Gymnasium. Er war ein durchtrainierter Mann in den Dreißigern und hatte neben viel Humor und Verständnis für die jungen Leute nur einen kleinen „Schönheitsfehler": Er zog das rechte Bein etwas nach, was ihn zwar hinderte, mit seinen Schülern um die Wette zu sprinten – wobei er manchmal grinsend meinte: „Gott sei Dank, nicht auszudenken, wenn ich verlöre." – Aber technisch hatte er es immer noch voll drauf. Er war in seiner Jugend und im Studium ein exzellenter Fußballer gewesen, bis – ja bis ein blöder kleiner Ölfleck auf der B14 seine Karriere als Fußballnationalspieler bereits stoppte, bevor sie überhaupt begonnen hatte.

Er war mit seiner geliebten 500-er unterwegs – etwas zu schnell vielleicht, wie er im privaten Gespräch zugab – als das Hinterrad in einer langgezogenen Rechtskurve plötzlich wegrutschte. Er verriß dadurch den Lenker und schon schlidderte er am Boden statt im Sattel die nächsten hundert Meter mit dem rechten Bein unter seiner Maschine. Es war einfach zu spät gewesen, abzuspringen, wie man das bei der Fahr-Ausbildung schult. Er erklärte dies relativ trocken aus heutiger Sicht als den „Unterschied zwischen Theorie und Praxis". Zum Glück hatte er auf die anderen theoretischen Hinweise gehört und sowohl einen Helm getragen als auch eine stabile Ledermontur mit den dazu passenden Stiefeln. „Nach 100 m war das Leder durch, aber mein Bein noch im normalen Umfang. Nur das Schienbein und die dazugehörigen Bänder hatten dem Druck von unten (Boden) und oben (Maschine) nicht stand gehalten. Im großen und ganzen bin ich noch glimpflich davon gekommen," erzählte er dann immer. „An das bißchen Hinken gewöhnt man sich – und Rennen müssen jetzt eben die Anderen."

Aber Wolfgang Schnell wäre nicht Lehrer geworden, wenn er diese, seine persönlichen Erfahrungen nicht auch gleich mit seinem Erziehungsauftrag verbunden hätte. Er wurde einer der wenigen Sportlehrer, die nicht das ewige

„Weiter und Schneller" unterstützten, sondern die es für viel sinnvoller hielten, jeden seiner Schüler danach zu beurteilen, wie sie sich persönlich anstellten. So kam es, daß nicht nur Bewegungs-Naturtalente, wie Tobbi, Stefan oder Norbert Spaß an seinem Unterricht fanden sondern sogar der dicke Berti machte gerne mit, auch wenn er nicht immer zu den Ersten gehörte. Seine Begeisterung schwankte natürlich immer mal wieder zwischen „No risk – no fun" und „Sport ist Mord", je nach Tagesform – aber heute war er in guter Form. Bei Reli-Bauer allgemein geglänzt, Mathe-Mathes auflaufen lassen und jetzt sogar nicht als allerletzter ins Tobbi-Team gewählt, was fast sicher einen weiteren Sieg garantierte, denn Tobbi und zwei weitere Mannschaftsmitglieder waren ausgezeichnete Fußballer. Ihn stellte man ins Tor, weil er, bei aller Schwere, durchaus beweglich war. „Bei meinem Gewicht komm ich einfach schneller runter", flachste er lustig mit.

Das Spiel war viel zu schnell zu Ende. Die Tobbi-Mannschaft hatte tatsächlich 3:1 gewonnen und das Gegentor aus Bertie-Sicht war ein höchst ungerechtes und unhaltbares Elfmetertor, bloß weil er den heranbrausenden schönen Anton ein kleines bißchen von den Beinen geholt hatte, indem er sich ihm einfach in den Weg (und auf die Füße) warf. Danach war der schöne Anton weniger schön als wütend, aber er donnerte dann höchstselbst den Ball mit voller Wucht dermaßen knapp an Berties Kopf vorbei ins Tor, daß dieser es richtig pfeifen hörte. Herr Schnell war zumindest froh, daß er keinen Krankenwagen alarmieren mußte, denn solche Schüsse hatten schon manche Gehirnerschütterung ausgelöst, was bei Schülern kurz vor dem Abitur nicht sehr förderlich war.

Aber die Gemüter beruhigten sich rasch und der männliche Teil der Klasse machte sich auf den Rückweg, um zusammen mit den Mädchen, die zwischenzeitlich Schwimmunterricht bei Frau Klasse genossen hatten, die letzte Stunde im Deutsch-Unterricht bei Herrn Heine abzusitzen. Natürlich nicht bei Heinrich, sondern bei Walter Heine. Ob Herr Heine seinen Beruf trotz oder wegen seines Namens gewählt hatte, war nicht bekannt. Fest stand jedenfalls, er war ein guter Fachmann und bemühte sich so gut er konnte, am Puls der Zeit zu bleiben. Das wurde von den Schülern anerkannt. Herr Heine war bei den meisten Schülern durchaus beliebt, auch wenn sie ihn „hinten rum" öfter mal „Heini" nannten. Aber Herr Heine meinte im Kollegenkreis, das sei immer noch besser als „Schweini", wie sich der Münchner Fußballspieler Sebastian Schweinsteiger von Kreti und Pleti nennen lassen mußte. Damit ist Herrn

Heines Fachmannschaft im Sport denn auch ausreichend gewürdigt und seine persönliche Freundschaft zu Florian Schnell begründet, wenn diese auch hin und wieder stark strapaziert wurde, wenn Kollege Schnell seine ihm zugestandenen 45 Minuten zu lang ausdehnte oder, was seltsamerweise ziemlich oft vorkam, die durchtrainierten Schüler „vor lauter Erschöpfung" den Weg nicht schnell genug zurückfanden. In diesen Fällen begann Herr Heine schon mal seine 45 Minuten mit einer reinen Damenrunde, denn diese kamen immer, soweit sie sich am Sportunterricht beteiligt hatten, relativ erfrischt und pünktlich aus der Schwimmhalle.

Kapitel 5

Erörterung zur Inflation

Am heutigen Tag hielt sich der Zeitverlust in Grenzen. Einesteils waren alle Schüler im Moment weitestgehend gut drauf, andrerseits klang das von Herrn Heine angekündigte Thema nicht uninteressant. Im Rahmen einer Erörterung wollte man sich dem Thema nähern, „Ist es in Zeiten niedrigster Zinsen und hoher Inflation überhaupt sinnvoll, langfristig zu sparen."

Als die Jungs eintrafen, hatten die Mädchen gerade damit begonnen, den Unterschied zwischen den staatlich veröffentlichten Inflationsraten und der „gefühlten" Inflation zu diskutieren.

Da den Jungen der „Einstieg" von Herrn Heine noch fehlte, sie aber heute so richtig aufgedreht waren, warf der schöne Anton schon gleich mal vorab die Behauptung in den Raum, daß zur Zeit doch weit und breit gar keine Inflation zu sehen sei. „Mein Opa hat erzählt, wie er im Schweinsgalopp mit einer Tasche voller Tausender-Banknoten zum Bäcker rennen mußte, damit sein Tageslohn noch für einen Laib Brot reichte." „Tja, bestätigte Herr Heine, solche Erzählungen haben auch heute noch unglaublich viele Menschen in deutschen Familien vor Augen, wenn sie den Begriff „Inflation" hören. Das sind Stories, die sich einprägen. Vor allem bei denen, die sie gar nicht selbst erlebt haben sondern sich nur das ausmalen, was Eltern und Großeltern erzählt haben. Meine eigene Lieblingsgeschichte dazu habe ich von meinen Eltern. Interessiert die irgendwen?" „Natürlich", klang es im Chor zurück. Mit solchen Berichten wurden Lehrer doch richtig menschlich. „Nun denn, sie haben immer wieder und, unwidersprochen von Onkels und Tanten, erzählt, es hätte einen Tag in Deutschland gegeben, an dem alle gleich reich gewesen wären. Jeder erwachsene Bürger habe an diesem einen Tag, dem **20.06.1948** die gleiche Summe von exakt 40 DM auf die Hand bekommen. Dafür mußte man stundenlang bei den Ausgabestellen anstehen. Doch es wäre das Zeichen eines neuen Aufbruchs gewesen. Es war die große Inflation. Alles andere Geld sei „verreckt". Diese Wortwahl galt damals auf dem Land nicht so grob, wie sie in unseren heutigen Ohren klingt. Aber es war die Original-Wortwahl. Und: Die Aussage war auch noch falsch. Vorhandene Guthaben und Geldwertansprüche sind eben nicht „verreckt" sondern wurden lediglich im Verhältnis 1:10 ge-kürzt. Hundert Reichsmark wurden zu nur noch zehn Deutsche Mark." „Und das nennen Sie *nicht verreckt?*" „Selbstverständlich waren das einschneidende Maßnahmen. Und für viele Menschen bedeuteten sie nach den verstörenden Erlebnissen der beiden Weltkriege ein erneutes Drama. Aber es ändert nichts an der Tatsache, daß es den „Tag an dem alle gleich reich waren" nie gegeben hat. Trotzdem muß ich meine Eltern in Schutz nehmen. Es waren einfache Leute, die in Gelddingen nicht besonders erfahren waren, weil sie nie viel da-von besaßen. Ich glaube, dieses Schicksal teilen sie heute noch mit Millionen deutscher Bürger."

„Mit mir ganz bestimmt", teilte Norbert mit. „Ich habe noch weniger als nix." „Na ja, wenn Dein ganzes Taschengeld auch für Klingeltöne drauf geht." Seine Freundin Angelika, genannt Angie, konnte es nicht lassen, dagegen zu halten. Ist ja gut, ich komme aus diesen „Scheißabos" halt nicht so schnell raus", wehrte er sich. „Einmal nicht aufgepaßt und schon sitzt du in der Falle." „Da gibt es aber Möglichkeiten", warf Benny ein, aber bevor jetzt eine Klingelton-Abo-Grundsatzberatung stattfinden konnte, unterbrach Herr Heine. „Das führt jetzt aber komplett von unserem Thema weg, Jungs. Dieses Problem müssen wir ein anderes mal erörtern." „Kommt das dann auch im Abi dran" fragte Jessica keck. „Ich glaube eher nicht, Fräulein Bohrer", antwortete Herr Heine gespielt höflich, um wirklich zum Thema Inflation zurückzukommen. „Wichti-ge Themen werden selten im Abi abgefragt", konnte sich der schöne Anton nicht verkneifen, auch noch seinen Senf beizusteuern.

Energisch und etwas lauter als sonst startete Herr Heine jetzt den nächsten Anlauf: „Ich glaube, für unsere Erörterung ist es sehr nützlich, wenn wir uns dem Thema zuerst einmal ganz nüchtern-sachlich annähern. Beginnen wir mit dem Wort selbst. Wo kommt es her? - Richtig, Jenny, aus dem Lateinischen. Und was heißt es dort? „Inflare = Hinein- oder aufblasen." Gut, wer oder was wird „aufgeblasen"? „Das Geld!" „HÄ?" „Wie geht das denn?" „Wo ist das Ven-til?" „Natürlich nicht der Geldschein sondern der Geldwert." „Geld hat doch gar keinen Wert. Es ist nur ein Stück Papier." „Ne, heute ist es Baumwolle!"

Jetzt hatte die Diskussion richtig Fahrt aufgenommen. Kreuz und quer flo-gen die Sätze und Argumente. Nach ein paar Minuten stoppte Herr Heine das Ganze und faßte zusammen, was bis jetzt an Brauchbarem gekommen war: „Also, Geld hat weder Wert noch ein Ventil zum Aufblasen, es ist nur Papier oder Baumwolle, alles sachlich richtig. Aber warum könnt Ihr Euch dann für Geld Dinge kaufen? Und teilweise ja ganz schön teure Dinge." Es wurde kurz still im Raum. „Weil der Staat dafür bürgt." „Wirklich? Tja, da muß man bei unserem Staat aber ganz schön Vertrauen haben." „Jetzt ist das richtige Stichwort gefallen! **Vertrauen!**" Die blonde Gaby wurde ganz rot vor Stolz. Sie hatte diese Idee gehabt.

Halten wir fest: „Geld funktioniert nur so lange, wie das Vertrauen der jeweiligen Bürger in die Garantien ihres Staates anhält. Jetzt könnt Ihr zumindest schon mal verstehen, warum der Staat, auf Teufel komm raus, dafür sorgen muß, daß keine wichtigen Banken zusammenbrechen." „Die Systemrelevanten?" „Genau, die sogenannten Systemrelevanten. Wenn man aber genau hinschaut, sind das bis auf ein paar ganz kleine und wirklich unbedeutende regionale Privatbanken alter Schule nahezu alle. Einschließlich Kreissparkassen und Volks- und Raiffeisenbanken. Wenn Lieschen Müller am Freitag zu ihrer Sparkasse geht und der Automat keine Euros mehr herausrückt, dann..." „hätte sie besser für genügend Geld auf dem Konto sorgen müssen!" „Ja", grinste Herr Heine, „auch das ist richtig. Es könnte aber auch passieren, obwohl auf Lieschens Konto tausende Euros stehen." „Na, dann ist das Vertrauen aber so was von futsch!" „Da würde ich aber beim Staat reklamieren!" „Bei wem denn? An wen wendet man sich da?" „An eine Landeszentralbank?" Wieder kam das hitzige Gespräch ins Stocken. Herr Heine half nach: „Das könntet Ihr versuchen, aber dort werdet ihr in dem Moment auch nichts erreichen. Über Nacht würde sich die Meldung verbreiten, bei der und der Bank gibt es kein Bargeld mehr. Ihr könnt sicher sein, daß ein Shitstorm im Netz ein leises Lüftchen wäre, gegen den Run, der jetzt auf jede einzelne Bank einsetzen würde, weil jeder natürlich versuchen würde, sein eigenes Geld zu retten, bevor er auch nichts mehr bekäme.

Und das wäre dann der so oft beschworene Total-Crash. Dann gäbe es gar kein Bargeld mehr, weil die Banken einfach geschlossen und die Geldautomaten leer blieben. Ohne dieses Bargeld würdet ihr aber kein Brötchen keinen Burger, nichts mehr bekommen. Euer Leben wäre kurzzeitig komplett blockiert, zumindest so lange, bis der Staat entsprechende Not-Programme ausruft." „Das können die doch nicht einfach so machen." „Einfach nicht. Aber in dieser Lage müssen sie es sogar. In Griechenland ist genau das im Sommer 2013 passiert. Die Läden blieben tagelang geschlossen. Die notwendigste „Versorgung" funktionierte nur noch auf privaten Beziehungen. Erst die Zusa ge der europäischen „Rettungsgelder" machte ein Weiterwirtschaften möglich." „Und dafür durfte sich Angie dann als Nazibraut beschimpfen lassen." Angela hob den Kopf: „Mich hat doch gar niemand beschimpft." „Ja, dich noch nicht."

Wieder mußte Herr Heine die Flachserei unterbrechen, damit er sein Stundenziel wenigstens annähernd erreichte. „Es ist nun mal eine Tatsache, die jedem von Euch klar sein muß: **Es existiert gar nicht so viel Bargeld, wie auf den Konten der Welt gutgeschrieben ist.** Wem also sollte man noch etwas geben und wem nicht? Wenn alle nichts bekommen, ist das dann noch am gerechtesten." Jetzt herrschte doch kurz betretenes Schweigen. Das hörte sich ja nicht gut an. „Dann müßte man ja eigentlich einen Bargeldvorrat für mindestens zwei oder drei Monate zuhause haben, für den Fall, daß so etwas passiert." Jenny dachte wieder mal ganz praktisch. Herr Heine antwortete: „Je weniger Du vertraust, desto eher müßtest du tatsächlich so handeln." „Zumal es auf der Bank derzeit eh keine Zinsen fürs Spargeld gibt", brummte der dikke Berti. Herrn Heine ging die Panikstimmung jetzt doch etwas zu weit. Augen öffnen, ja, Panik verbreiten, nein. Das war gewiß nicht sein Plan. „Ganz so weit sind wir ja Gott sei Dank doch noch nicht. Noch bemühen sich alle Regierungen, mit allen möglichen Hilfspaketen Banken zu stützen und es nicht so weit kommen zu lassen, daß eine Bank tatsächlich schließen müßte. Da werden dann die geltenden Bilanzierungsvorschriften schon einmal ein bißchen freier interpretiert oder ein Gesetz einfach (natürlich nur „vorübergehend"!) ausgesetzt, und schon ist das Malheur für ein paar weitere Wochen verschoben. Bis zur nächsten „Rettungstat". Es ist in der Tat einer der sogenannten Mega-Trends: „Management by „in die Zukunft verschieben"". Bevor wieder ein Entrüstungssturm losbrechen konnte, läutete die Schulglocke und verschob das anstehende Problem in die Zukunft der nächsten Deutschstunde.

In den Lärm der aufbrechenden Schüler hinein rief Herr Heine noch: „Jetzt sind wir aber unserem eigentlichen Thema, der Inflation, noch nicht richtig weiter gekommen! Bitte recherchiert bis übermorgen, was Ihr zu diesem Stichwort so findet. Ich empfehle neben Google und Wikipedia auch Eure Eltern und Großeltern! Hakt dort einmal nach, ob sich doch noch jemand genauer erinnern kann, wie es mit der Inflation wirklich war." Und schon war die halbe Klasse verschwunden.

Kapitel 6

Sportlicher Wettkampf

Hi, Tobbi! Jenny lehnte am Tor zum Pausenhof. Sie saß auf einem ziemlich schicken, knallroten Mountainbike. Hast Du heute mittag schon was vor? Du könntest mir doch bestimmt ein paar Tips für einen angepaßten Trainingsaufbau geben? Tobias fühlte sich durchaus geschmeichelt, daß die hübsche Jenny, die auch sonst so einiges „auf dem Kasten" hatte, sich für ihn interessierte. Aber er hatte heute keine Zeit zum Flirten eingeplant. Es waren noch einige Dinge für die Schule nachzuarbeiten und am Abend wollte er Fritze Nitzwitz treffen und mit ihm zum Fußballtraining der TSG rausfahren.

Fritze war Libero in der U19-Jugendmannschaft, für die Tobias als Mittelstürmer spielte. Er war ein ausgezeichneter Libero. Kräftig gebaut, aber doch schnell und unglaublich konditionsstark. Das lag vielleicht auch an seinem, wie er es nannte, „Zweitberuf". Fritze arbeitete, wenn er nicht Fußball spielte, bei einer Dachdeckerei. Einmal war er mit einem enormen „Veilchen" und leicht humpelnd zum Training erschienen und hatte auf die Frage, was denn geschehen sei, wahrheitsgemäß gesagt, wir arbeiten gerade an der Pfarrkirche. Da bin ich ausgerutscht und vom Dach gefallen. Entsetztes ungläubiges Staunen bei den Mannschaftskameraden. Du fällst vom Kirchendach und hast nur ein Veilchen und einen verstauchten Fuß? Na ja, feixte Fritze, ich bin ja Gott sei Dank nach innen durch die Sparren gefallen und habe mir nur die Birne angedotzt.

Fritze hatte immer solche Knaller drauf. Deshalb war auch Jessica Bohrer, die beste Freundin von Tobbis Schwester Sarah sehr häufig in der Nähe, wenn es zum Training ging. Ihr gefiel der etwas raubautzige direkte Charme dieses Jungen. Und da ihre Freundin Sarah ja auch etwas für Stefan Koller übrig hatte, der ebenfalls in Tobbis Mannschaft spielte, so standen die beiden Freundinnen ab und zu ganz „zufällig" am Spielfeldrand und beobachteten Fritze und Stefan, Der war mit seinen stolzen 1 Meter 90 ein sehr guter Mittelfeldspieler, der seine Größe in Strafraumszenen so gut auszuspielen wußte, daß er zum „Kopfball-Ungeheuer" der TSG-A-Jugend erklärt worden war. Sogar bei der ersten Mannschaft hatte er schon ein paar Mal mittrainieren dürfen, was seinem Freund Fritze gar nicht schmeckte. „Als Libero stehst Du einfach nicht so im Mittelpunkt wie diese langen Torjäger", maulte er dann.

Fritz wäre viel lieber direkt Fußball-Profi geworden statt Dachdecker. Aber sein alter Herr hatte ein Machtwort gesprochen: Erst wird ein „anständiger" Beruf gelernt, hatte er gesagt, danach kannst Du immer noch mit 21 anderen Spinnern hinter einer Lederkugel herrennen. Und Fritze hatte sich gefügt, weil ihm gar nichts anderes übrig geblieben war. Während seiner Ausbildung erwies sich „Hotel Mama" eben doch deutlich billiger als das konkurrierende Fußball-Internat, in dem er auch noch seinen Kopf hätte anstrengen müssen. Dann war ihm die körperliche Arbeit auf dem Bau doch lieber. Und zum Konditionsbolzen brauchte er so auch keine teure „Muckibude", wo manch einer der Schüler, „Eierköpfe", wie er sie manchmal spaßhaft nannte, so einiges Geld (eigenes und elterliches) liegen ließ. Tobias sagte dazu immer kopfschüttelnd, wenn das der „schnelle Schnell" wüßte...

Herr Schnell hatte sich nämlich einmal in einer schwachen Stunde bereit erklärt, eine Fußball-AG zu gründen und auch zu leiten. Die Interessierten konnten dort sowohl sowohl technische Feinheiten üben als auch ihre Kondition verbessern. Und das gratis und frei Haus. „Um umme", wie Fritze das bezeichnete, Zu diesen Gelegenheiten war er sehr gern Gast bei den „Eierköpfen" und auch Herr Schnell hatte Spaß am Einsatz dieses athletischen Liberos.

Einmal, im letzten Sommer, hatten die Schüler des Erich-Kästner-Gymnasiums im Rahmen der alljährlichen Bundesjugendspiele die Lehrer Ihrer Schule zu einem Fußballspiel herausgefordert. Ein ungleicher Kampf? Hätte man denken können. Elf von Ehrgeiz strotzende und im schnellen Spiel trainierte 16- und 17-Jährige gegen eine Mannschaft von Herren mittleren Alters, die schon eine ganze Weile brauchten, überhaupt elf Mitspieler zu finden. Reli-Bauer hätte sehr gerne mitgespielt, aber der Zahn der Zeit hatte schon so sehr an seiner läuferischen Ausdauer genagt, daß er es vorzog, den wahrlich unparteiischen Schiedsrichter zu geben.

Die Regeln für dieses Aufeinandertreffen besagten, daß jede Mannschaft sich der „Hilfe" zweier „Außenstehender" bedienen durfte. Während die Lehrer auf den Schulhausmeister Lohmann und dessen Freund, den Libero der örtlichen TSG zurückgriffen, baten die Schüler Fritze Nitzwitz und den Torwart der TSG-A-Jugend-Mannschaft. Die beiden sollten doch als zusätzlicher Rückhalt genügen.

Der Tag des großen Spiels rückte immer näher – und den Lehrern fehlte noch ein letzter, ein elfter Mann. Zuletzt kamen sie auf die „genial-verzweifelte" Idee, daß Sport ja wohl Sport sei und Lehrer sei auch eine Lehrerin. So bat Herr Schnell am Tag vor dem Spiel noch die neue Sportlehrerkollegin, Frau Klasse, doch wenigstens im Tor die Lehrermannschaft zu verstärken. Das sei nicht ganz so „gefährlich", denn die Schüler würden schon nicht so übermäßig kräftig schießen. Frau Klasse grinste still in sich hinein und sagte zu.

Was Herr Schnell und die anderen Kollegen nicht wußten: die neue Sportlehrerin war während ihres Studiums Torfrau der Damen-Bundesliga-Reservemannschaft von Eintracht Frankfurt gewesen und sogar schon für weitere Lehrgänge angemeldet, als sie sich dann doch entschloß, lieber einem „bürgerlichen" Beruf nachzugehen und als Sportlehrerin mit dazu beizutragen, daß den jungen Damen in Deutschland die Freude an der körperlichen Bewegung nicht vollends ganz im Cyberspace erstickte.

Und dann war es soweit gewesen. Am Vormittag hatten sich die Schüler aller Klassenstufen redlich bemüht, zu rennen, zu springen, zu werfen und zu stoßen. Alle waren aufgedreht und mehr oder weniger verschwitzt. Aber das tat der Begeisterung keinen Abbruch, denn jetzt wollten alle elf mutige Lehrer auf dem Platz untergehen sehen...

Als die Mannschaften das Spielfeld betraten brach ein Orkan aus Begeisterung und Gelächter los. Man hatte den Torwart der Lehrer als Frau identifiziert. Frau Klasse, die Neue! Wie verzweifelt mußten die Lehrer wohl sein?

Die Verzweiflung wechselte jedoch relativ schnell die Seiten! Egal, wie sich Tobbi und seine Freunde auch bemühten und die Herren Schnell, Heine, Sturm und andere schwindlig spielten, es wollte kein Tor fallen. Entweder man schoß anfangs, vor lauter Übermotivation vorbei, oder Frau Klasse hielt. Und das auch noch relativ locker. Hausmeister Lohmann und sein „Libero-Freund" organisierten mehr oder weniger die Einsätze, Herr Schnell konnte zwar beim Laufen hinkender weise seinem Namen keine Ehre mehr machen, aber technisch zauberte er mit dem Ball am Fuß doch etliche Male so gekonnt, daß die eifrigen Schüler im höchsten Tempo an ihm vorbeipreschten, obwohl sich der Ball immer noch bei ihm befand. Kurz gesagt, das Spiel stand zur Halbzeit immer noch 0:0, was die hoffnungsvollen Schüler extrem enttäuschte, während die von sich selbst positiv überraschten Lehrer Frau Klasse mit Komplimenten überhäuften.

Auf den Rängen war man sich auch nicht mehr ganz so einig, ob man den katastrophalen Untergang der Lehrer endlich herbeibrüllen könnte, oder ob Frau Klasse die Schülerstürmer noch völlig entnerven würde.

Und dann, Mitte der zweiten Halbzeit, als die Laufwege der Ü-Dreißiger immer kürzer und noch langsamer wurden, da geschah es: Der geliehene Lehrer-Libero schlug einen extrem weiten Paß fast bis zur Strafraumecke der Schüler. Herr Schnell stoppte gekonnt mit dem linken Innenrist, Schüler-Leih-Libero Fritze Nitzwitz schoß heran, eine kurze Körper-Drehung von Herrn Schnell, Fritze rutschte die nächsten 15 Meter über den Rasen, ein trockener ansatzloser Schuß aus dem Fußgelenk und Herr Schnell hatte die schnaufenden und keuchenden Lehrer 1:0 in Führung geschossen. Er humpelte zu dem verstört im Gras sitzenden Fritze hinüber, deutete auf seinen Oberschenkel und danach auf seinen Kopf und sagte: „Siehste, Fritz, Fußball ist eben auch Kopf-Ball."

Jetzt herrschte eine seltsame Atmosphäre im Stadion. Eigentlich verbot es sich, bei solchen Schlachten, den Lehrern auch nur leise Sympathien anzudeuten. Aber so gut die Schüler auch kombinierten, schon allein der Anblick der die Schüsse erwartenden Frau Klasse machte die Heranwachsenden so nervös, daß die besten Chancen gar nicht erst aufs Tor kamen. Und das, was kam, wurde herausgefischt. Rechts oben, links unten, die Frau war einfach überall.

Zehn Minuten vor Schluß gab Tobbi die Devise aus, „jetzt alle Mann nach vorn. Ob wir 1:0 oder 3:0 verlieren ist und bleibt dieselbe Blamage." Und so geschah es dann auch. Wie Brandungswellen rannten sie gegen den Lehrer-Strafraum an, in dem sich mittlerweile fast alle an der Abwehrschlacht beteiligten. Schiedsrichter Reli-Bauer brauchte gar nicht mehr zu laufen. Er stand am Spielfeldrand in Höhe des Elfmeterpunkts und bemühte sich, keine Straftat zu übersehen. Und die erfolgte tatsächlich. Ausgerechnet Herr Schnell, der bisherige Held des Tages (aus Lehrersicht) zuckte bei einem gewaltigen Schuß von Fritz mit der Hand nach vorne, der Ball wurde abgelenkt und Reli-Bauer mußte sehr zu seinem Leidwesen einen Elfmeter gegen die eigenen Kollegen pfeifen. Fritze Nitzwitz lies es sich nicht nehmen, die Kugel höchst selbst auf dem Punkt zu installieren. Um das Herumgehampel und Gezappel von Frau Klasse kümmerte er sich nicht die Bohne, er lief an, zog voll durch und … es stand 1:1.

Ein Schrei der Erleichterung, durchmischt mit ein ganz klein wenig Mitleid mit der „Klasse-Torfrau" wie man sie mittlerweile schon anerkennend nannte, ertönte auf den Rängen. Nachdem alle „Eierköpfe" ihren Gastspieler geherzt und geknuddelt hatten, lief dieser kurz bei Herrn Schnell vorbei und flüsterte ihm zu: „Fußball und Kopf-Ball sind o.k. Hand-Ball gilt nicht." Damit lief er voller Genugtuung zurück auf seinen Abwehrplatz und erwartete die letzten 5 Spielminuten.

Und die hatten es in sich. Herr Bauer sah schon auf seine Uhr und nahm schon mal vorsorglich die Pfeife in die rechte Hand, als – ja als Tobias noch einmal zu einem letzten Verzweiflungslauf ansetzte. Er raste die Seitenlinie entlang, ließ die ihm Entgegenkommenden einfach stehen und flankte dann den Ball mit viel Effet hoch in den Lehrer-Strafraum. Frau Klasse flog heran, wollte fausten, aber das „Kopfball-Ungeheuer" Stefan Koller sprang noch höher, noch wuchtiger. Der Ball zappelte im Netz. Der Torpfiff war gleichzeitig der Schlußpfiff. Elf total erschöpfte und zudem enttäuschte „Leer-Körper" saßen überall im und um den Strafraum herum auf dem Rasen. Während elf jugendliche Fußballhelden sich unermüdlich austobten und Ihrer Begeisterung mit immer neuen Luftsprüngen Ausdruck verliehen.

Und trotzdem: Es war nicht das erwartete „Schlachtfest" geworden. Acht Lehrer und eine Lehrerin hatten sich mit fairen Mitteln und letztem Einsatz eineinhalb Stunden lang zur Wehr gesetzt. Sie hatten mit Erfahrung das ausgeglichen, was ihnen die Heranwachsenden an körperlicher Fitneß voraus hatten. Der eine oder andere der „Verlierer" hatte gewaltiges Ansehen bei den Schülern gewonnen. Zumindest für einige Wochen.

An dieses denkwürdige Spiel erinnerte sich Herr Schnell gerade, als er Fritze Nitzwitz auf eine neue Runde um den Trainingsplatz schickte, und er lächelte stolz.

Kapitel 7

Inflation ist nicht Währungsreform

Hallo guten Morgen, alle zusammen. „Denk ich an meine 13-er in der Nacht, hat die Inflation mich um den Schlaf gebracht." Die meisten der Schüler stutzten. Was sollte dieser salbungsvolle Sermon? „Das ist aber von Ihrem Ur-Großvater Heinrich, und der hat nicht an uns sondern an Deutschland gedacht." Der dicke Berti lief in den letzten Tagen zu völlig unvermuteter geistiger Hochform auf. Was war denn in den gefahren? Sonst redete er 3 Wochen lang fast gar nichts und jetzt setzte er einen Glanzpunkt nach dem anderen. „WoW", war auch Herr Heine verblüfft, konterte dann aber schnell: „Du hast Recht. Aber Ihr 13-er seid ja über kurz oder lang das Deutschland der Zukunft." „Und wir machen Ihnen Sorgen?" fragte Stefan irritiert. „Vorerst eigentlich nur die anstehende Prüfung. Habt Ihr denn etwas Brauchbares zum Stichwort Inflation herausgefunden?"

„Bargeldkoffer mit Tausender-Scheinen brauchte nicht jeder", begann Tobias als Herr Heine ihn auffordernd ansah. „**Die** Inflationen, vor denen so viele Menschen heute noch Angst haben, waren sogenannte „Hyper-Inflationen". Endstufen besonderer Entwicklungen, die jeweils in Währungsreformen endeten. Den beiden letzten war jeweils ein verlorener Weltkrieg vorausgegangen. Beide Male (1918 und 1945) lag Deutschland wirtschaftlich und moralisch am Boden. Kaum jemand wollte mit uns etwas zu tun haben. Das bot Chancen für Neuanfänge. Der weitaus größte Teil der Vermögensverluste ging auf das Konto der beiden Kriege. Die sogenannten „Inflationen" waren nur kurze Zeitübergänge, prägten sich aber im Bewußtsein der Menschen besonders tief ein."

„Ja so ist das," bestärkte Herr Heine Tobbis´ kleinen Vortrag. „Mit der heute „heimlichen, schleichenden oder gar trabenden" Inflation haben diese Währungsreformen Gott sei Dank nicht viel gemeinsam. Höchstens das eine noch: Auch heutzutage kann man sich am Ende eines Jahres, für den gleichen Eurobetrag oft deutlich weniger kaufen als am Anfang.

Vielleicht machen wir einfach mal ein kleines, stark verkürztes Beispiel. Rechnet doch mal mit: Ein Toaster kostete am 1. Januar 22 €. Im Laufe des Jahres bekamen die Mitarbeiter in der Toaster-Fabrik 3 % mehr Lohn. Die Energiekosten stiegen um 5% und auch Alu und Kunststoff verteuerten sich um 2%. Der Toasterverkäufer hätte unter diesen Bedingungen bei einem Verkaufspreis von 22 € am 31.12. draufgelegt. Was mußte er statt dessen verlangen? Herr Heine sah jetzt gespannt in die Runde. Wer hatte wohl gelernt „wirtschaftlich" zu denken? Tobbi? Jenny oder Stefan? Auch Tatjana und Florian waren „seine" Kandidaten.

Bei den jetzt folgenden Antworten überwog die Erwartung eines Kaufpreises von 24,20 €. „Warum?" ragte Herr Heine. „Na ja, soo schwer war das ja nicht, murmelte Siggi: Preissteigerungen von drei, fünf und zwei Prozent. Das ergibt 10 %. Zehn Prozent von 22 € sind 2,20 € - also 24,20 €."

„Ich würde 25,41 € verlangen", knurrte der dicke Berti mißmutig. „Was?" „Wieso?" Herr Heine blickte fast ungläubig auf Berti: „Und warum?" „Ist doch klar: Wenn meine Mitarbeiter 3 % mehr kriegen, wegen der Inflation, dann will ich das doch auch. Und für mein erweitertes Risiko als Chef gleich noch 2 % mehr. Fünf Prozent von 24,20 € sind nach Adam Riese und Eva Zwerg 1,21 €, also verlange ich 25,41 €." „Ausbeuter", „Kapitalist" diese und noch ein paar ähnliche Ausdrücke flogen durch die Klasse. Aber Herr Heine trat vor Berti an dessen Tisch, machte eine weitausholende Bewegung, als ziehe er einen imaginären Hut und verbeugte sich dazu: „Mein lieber Berti", sagte er wohlwollend, „das hat eine eins mit Sternchen verdient. Du warst in der Tat der Einzige, der aktiv und richtig mitgedacht hat." Der dicke Berti nahm mit puterrotem Kopf dieses außergewöhnliche Kompliment entgegen. Seine Glückssträhne schien nicht enden zu wollen.

Die anderen hatten zwischenzeitlich teilweise verstanden, um was es ging aber es gab immer noch ein paar, die meinten: „Ja, ja, solche Kapitalisten treiben bei uns die Preise. Deshalb wird alles teurer." „Im Gegenteil", beeilte sich Herr Heine, diese Stimmung aufzuhalten. „Wenn die Unternehmer nicht so denken und rechnen würden, wären sie nach kürzester Zeit Pleite. In einer Pleitefirma gehen die Lichter aus und die Mitarbeiter arbeitslos nach Hause. Da jeder Toaster-Hersteller mit anderen Toaster-Herstellern in Konkurrenz liegt, wird er den Bogen schon nicht überspannen. Das nennt man dann Marktwirtschaft. Aber er braucht auf jeden Fall genügend Mittel um zu (über-)

leben. Berti hat das erkannt, weil er sich richtig in die Fragestellung hinein-
gedacht hat. Wenn auch Ihr das künftig schafft, dann war das heute ein wert-
voller Tag.

Aber gehen wir zurück zu der von Tobias so bezeichneten „Übergangszeit".
Wer kann dazu noch etwas beisteuern? - Tatjana?" „Die Preisauftriebe wurden
in jeweils kurzen Zeiten immer schneller immer höher." „Genau. Zum Schluß
weigerten sich die Menschen, das „Geld-Desaster" mitzumachen. Man ging
wieder zum Tauschhandel über." „Ein Pelzmantel gegen eine halbe Sau, beim
Bauern auf dem Land." „Wo man dann auf dem Rückweg auch noch die Kartoffeln vom Feld klaute, davon hat meine Oma erzählt", steuerte Steffen bei.
Steffen mit 2 „f" wie er gerne betonte, denn er beherrsche alles aus dem „FF".
„Na, da hast Du aber eine ganz schön kriminelle Oma." Der schöne Anton
meinte ein „tss, tss, tss" sei jetzt wohl angebracht.

Herr Heine mußte sich wieder einmal einschalten, bevor es zu persönlich
wurde: „Die Nachkriegszeiten waren insgesamt sehr turbulent. Mit den heute
üblichen Moralvorstellungen wären da deutlich mehr Leute verhungert als es
eh schon der Fall war. Beispielsweise Medikamente, wie Penizillin, gab es fast
nur noch im Tausch, meist bei den Besatzungssoldaten, die es ihrerseits in den
eigenen Lazaretts und Krankenhäusern „organisierten", wie man Diebstahl
damals beschönigend rechtfertigte – oder, wie die Obrigkeit es nannte, auf
dem „Schwarzmarkt". Dieser war offiziell natürlich verboten, da er dringend
notwendige Waren dem Markt entzog und somit einige wenige Clevere ihren
Vorteil aus der Not der Allgemeinheit ziehen konnten." „Ja", rief Gaby, „es gab
auch eine „Zigaretten-Währung" hat mir mein Opa erzählt. Da wurde dann
beispielsweise Besteck mit eingravierten Hakenkreuzen an die Amis „verkauft", und von denen mit Chesterfield-Zigaretten bezahlt. „Ja, die Zeit zwischen 1945 und 1949 war schon eine sehr spannende und prägende Epoche."
Herr Heine mußte in seinem Stoff weiterkommen. Er schaute wieder hinüber
zu Tobias, der ihm am besten vorbereitet schien.

Dieser versuchte seine „Wikipedia"-Recherche so kurz wie möglich zusam-
menzufassen: *„Inflation nennt man heute, wenn mehr Geld im Umlauf ist, als
Waren und Dienstleistungen hergestellt bzw. angeboten werden." Man nennt sie
auch „Teuerungsrate". Sie wird in einem Prozentsatz, bezogen auf die aktuelle
Kaufkraft ausgedrückt."*

Gut recherchiert, lobte Herr Heine. Abgesehen davon, daß die moderne Volkswirtschaft noch andere Definitionen kennt, soll uns Deine an dieser Stelle genügen, denn ihr schreibt ja eine Deutsch-Erörterung und keine Wirtschafts-Klausur. Wir beschränken uns also auf diese Ursprungsdefinition und beleuchten von hier aus noch ein paar weitere wichtige Aspekte:

„Wer stellt die Inflation fest?" „Na der Verbraucher natürlich." „Oder die Bildzeitung?" „Die Bundesbank?" „Die bisherigen Antworten liegen leider alle haarscharf daneben. Es gibt in Frankfurt/M eine staatliche Einrichtung, die nennt sich „Statistisches Bundesamt". Dieses Amt erhebt tagaus tagein Daten und formt sie zu Statistiken. Zu ihrem Arbeitsbereich gehört auch die Berechnung der jeweiligen Inflationsraten." Norbert schüttelte kritisch den Kopf: „Wenn die Verbrauchsdaten einfach nur sammeln, kann das doch hinten und vorne nicht stimmen. Jeder hat doch ein anderes Verbraucherverhalten. Ich esse vielmehr als mein Opa." „Aber viel weniger als Bertie." kicherte die blonde Gaby.

„Das ist natürlich richtig", nickte Herr Heine. „Woher wollen sie das wissen", murrte Bertie. „Entschuldigung Bertie, ich meinte nicht Gabys Bemerkung sondern die Tatsache, daß die Datenerhebung selbstverständlich nach klaren mathematischen Vorgaben erfolgen muß. Das wäre jetzt ein Thema für Herrn Sturm. Ohne Statistik und Wahrscheinlichkeitsberechnungen läuft da gar nichts. Aber belassen wir es auch hier einmal bei den Grundlagen, die das Verständnis des Begriffs der Inflation für „Normalbürger"... „Normalschüler!" ... Ja , auch für die – obwohl – Ihr seid ja auch schon Bürger" konte sich Herr Heine nicht verkneifen, „also für Normale, für Bürger und sogar für Schüler, verständlich machen." In das allgemeine Gelächter mischte sich das Läuten der Pausenklingel. „Stop!" rief Herr Heine in die sofort einsetzende Aufbruchsstimmung hinein: „Alle, die sich für dieses Thema interessieren, und künftig, auch nach der Schule, nicht nur mitsprechen sondern auch mitverstehen wollen, empfehle ich die Homepage des Statistischen Bundesamts. Die web-Adresse lautet: https://www.destatis.de. Macht Euch doch bitte auch schon mal Gedanken, wem Inflation nützt und wem sie schadet. Das gehört mit in eine Erörterung", fügte er noch hinzu, dann waren auch die letzten 13-er draußen.

Kapitel 8

Familie und Susan

„Mama, ich bin jetzt Frau Ruber! Mit Bikini im Freibad." Sybille tänzelte ins Wohnzimmer und hielt sich zwei kleine rosa Schalen vor die Brust. Über Ihrem gelben T-Shirt sah das witzig aus.

„He, das ist mein BH, kreischte Sarah." „Nein, das ist der Busenhalter von Frau Ruber", bestand die Kleine auf ihrer Idee. „Gib sofort her, sonst funkt´s!"

„Ich weiß gar nicht, warum du so einen Aufstand machst, bei Dir gibt´s doch gar nichts zu halten", lästerte Tobias aus der Zimmerecke, wo er in den aktuellen „Kicker" vertieft gewesen war.

„Sei Du bloß still", keifte Sarah zurück. „Du bist ja selbst ein Invalide." „Hä?" „Du bist schon 18 und hast immer noch keinen Bart!" Damit hatte sie seinen wunden Punkt getroffen. Von allen Jungs in der Klasse war Tobbi tatsächlich der einzige, dessen Wangen es noch mit jedem Babypopo an Glätte aufnehmen konnten. Es zeigte sich nicht der leiseste Flaum. „Sei froh", mischte sich Mamutsch ein, „da sparst Du Unmengen an Rasierausrüstung, Seifen, Wässerchen und Püderchen."

„Aber er kann doch gar nichts dafür", tönte von der Tür her eine tiefere Stimme. Der Vater war herein gekommen und hatte grinsend die Wortschlacht mitbekommen. Jetzt wollte er auch mitspielen: „Ich habe doch neulich versehentlich die Badezimmertür so heftig zufallen lassen. Da sind die ganzen Barthaare samt den Wurzeln herausgefallen." „Ha, ha, Witz komm raus, du bist umzingelt", knirschte Tobbi, machte sich aber mangels neuer Ideen auf den Rückzug in sein Zimmer. „Ihr habt doch keine Ahnung..."

Sarah hechtete derweil hinter Silke her um ihren neuen rosa BH zurückzuerobern. Silke floh hinter ihre Mutter, die hatte aber gerade keine Hände frei und konnte so dem Familienzwerg nicht helfen. Sarah erwischte einen Träger, zog kräftig und, „der Busenbehälter der Kindergärtnerin Ruber" hatte seine erste Belastungsprobe bestanden. Er ging wieder in den Besitz der rechtmäßigen Eigentümerin über, die sich damit ebenfalls aus dem Staub machte.

„Na Mamutsch, bei euch ist ja High-Life", grinste Papa Wertheim. Dann hob er neugierig einen Topfdeckel unter dem es ganz verführerisch duftete. „Was gibt's denn heute Leckeres?" „Gekochte Kindergärtnerin in Schwimmbadsoße" lachte die Mutter und brachte damit eine verblüffte kleine Sybille ins Grübeln: Kindergärtnerinnen durfte man doch nicht essen...

In Tobbis Zimmer war mittlerweile der Computer gestartet worden. Dreizehn Uhr in Deutschland bedeutete sieben Uhr in South Carolina. Die Zeit, in der eine süße kleine Amerikanerin aufzustehen pflegte, um sich über die Zwischenstationen Badezimmer und Frühstücksküche auf den Weg zum Schulbus zu machen, der sie jeden Morgen zur Spartan-High fuhr. Dort hatte Tobbi Susan kennengelernt, als er nach Möglichkeiten gesucht hatte, ein bißchen Fußball zu trainieren. Aber Soccer, das wußte er zu dem Zeitpunkt noch nicht, ist für den Durchschnitts-Amerikaner eher ein Mädchenspiel, etwas für „Softies". Die Jungs spielten American Football, Baseball oder, die groß Gewachsenen und meist Schwarzen, Basketball. Beim Volleyball und eben auch beim German Fußball brachten die Mädchen ihre sportlichen Qualitäten ein, wenn man mal von den allgegenwärtigen Cheerleadern absieht, die mit ihren teils artistischen Turneinlagen fast bei jedem sportlichen Wettkampf auftauchten um „ihre" Teams entsprechend anzufeuern.

Ja, und dort auf dem Fußballfeld sah er eine schlanke, pfeilschnelle brünette Schönheit, wie sie eine Vorlage aufnahm, sich blitzschnell drehte und den Ball in die äußerste Torecke plazierte. „Tooor" entfuhr es Tobbi unwillkürlich und recht lautstark. Die „Goal-Rufe" der Mädchen auf dem Platz verstummten und sie schauten hinüber zu dem schwarzhaarigen Fremden, der sich so sehr für ihren Sport begeistern konnte. Tobbi wäre am liebsten in den Erdboden versunken, Andrerseits hatte er sich mit diesem „Geniestreich" mit einem Schlag der Aufmerksamkeit der sportlichsten Mädchen der ganzen Schule versichert. Was konnte einem „Neuen" aus Germany Besseres passieren? Schnell war das Eis gebrochen. Die Amerikaner sind ja für ihre offene Herzlichkeit bekannt, und es dauerte gar nicht lange, da war Tobbi – als erklärter „deutscher Fußball-Fachmann" - zum Assistent-Coach des Soccer-Teams der Spartan-High aufgestiegen. Das erhöhte zwar sein Ansehen bei den „harten" American-

Football-Spielern nicht und auch die Baseballer, deren Spielregeln und Tricks er wochenlang nicht wirklich durchschaute, hielten ihn eher für „gay". Trotzdem fand er auch unter den Jungs genügend „Freunde", war er doch fast so etwas, wie der „Türöffner" zu den begehrtesten Mädchen der Schule.

Nach einigen Wochen des näheren Kennenlernens beschlossen Tobias und Susan „to go steady", was soviel bedeutete, daß sie ab da als „Paar" galten und jetzt bei allen Partys auch immer gemeinsam eingeladen wurden. Sie verbrachten außerhalb der Schule viel Zeit gemeinsam auf dem Fahrrad. Auch Susan erwies sich als begeisterte Rennrad-Fahrerin. Das gestattete den beiden, einen größeren Umkreis um Spartanburg herum kennenzulernen. Obwohl man in Amerika schon mit 16 den Führerschein machen konnte, und Susan hatte einen, so fehlte es eben doch des öfteren an einem Auto, das man mit dieser „driver-licence" hätte bewegen können. So kam eben die gemeinsame Liebe zum Radsport hier gerade recht.

Tobias hatte sich schnell eingelebt, sein amerikanisches Englisch mit dem deutschen Akzent, den die jungen Amerikanerinnen „so sweet" fanden, war nahezu perfekt. Er lernte die amerikanischen Ernährungsgewohnheiten kennen, konnte es aber als Junge aus deutschem Haushalt mit „gesunder Ernährung" einfach nicht lassen, Susan zu missionieren, daß der Genuß von Vollkornbrot ihrer sportlichen Lebensweise viel eher entspräche als die geschmacklosen mit künstlichen Vitaminen aufgepeppten weißen Teigballen, wie er das nannte, was man bei McDonalds rund um die köstlichen Rindfleisch-Burger stülpte.

Die tolle Zeit in einem tollen Land war schnell vorbei. Als der Rückreisetermin immer näher rückte, versprach man sich das Übliche, was man bei solchen Gelegenheiten immer verspricht: Man wolle sich treu sein, in ständigem Kontakt bleiben und sich so schnell wie möglich wiedersehen. Sie sollte doch auch einmal nach Deutschland kommen, oder – angesichts der unterschiedlichen Ausbildungsabläufe der amerikanischen Jugendlichen und der damit verbundenen Unlust, aus ihren „Jahrgangsverbänden" auszuscheiden, wollte er eben so schnell es ihm möglich war, wieder kommen und dann könnte man ja weiter sehen. Bis dahin gab es ja E-Mail, Facebook und Twitter. Von den beiden Letzteren hielt Tobbi zwar nicht besonders viel. Er persönlich hielt es für pervers, für die weitreichendsten „Datenschutz"-Gesetze zu kämpfen und dann, völlig freiwillig, die intimsten Daten vor aller Welt im Internet auszubreiten. Aber E-Mails flogen schon - zuerst täglich, später wöchentlich und zur Zeit immer noch mehrfach im Monat über den Atlantik.

Und heute hatte er sich, nach der „Erniedrigung" durch seine Schwester, wieder einmal an den Computer geflüchtet, um auf diese Weise wieder einige positive Gedanken zu fassen. Er hatte in seinem Zimmer zwei alte Zigarrenkisten stehen, die er sorgsam verklebt und mit einem Schlitz im Deckel versehen hatte. Auf der einen Stand: „Rennrad" auf der anderen „Spartanburg".

Immer, wenn im Hause Wertheim „Taschengeld-Zahltag" war, wanderte ein bestimmter Anteil in jede dieser Kisten. Diesen Tip hatte er von seinem Vater, der ihm einmal erklärt hatte, daß Selbstdisziplin eine ganz wesentliche Voraussetzung für mittel- und langfristiges Sparen sei. Sparen ohne konkrete Ziele jedoch ganz gewiß nicht zur Selbstdisziplin motivierte. Also machte er seine beiden wichtigsten Träume in Form dieser alten Zigarrenkisten „sichtbar" und von da an fiel es ihm erstaunlich leicht, auf eine ganze Reihe von Ausgaben zu verzichten, die er sonst vielleicht unbedacht, „einfach so" gemacht hätte. Angesichts der beiden Kisten setzte er jedoch neue Prioritäten und schon summierten sich ganz nennenswerte Beträge. Dabei verteilten sich die „Einlagen" allerdings, je näher das Abitur rückte, immer mehr in Richtung der „Spartanburg-Kiste". Schließlich stirbt die Hoffnung zuletzt.

Kapitel 9

Fritze auf Abwegen

„Tobiaaas!" Mamutsch klang schon wieder wie besagter Feldwebel aus dem 30-jährigen Krieg. Woran das nur lag? Womöglich daran, daß im Hause Wertheim immer erst ab einer bestimmten Lautstärke reagiert wurde? Schließlich mußten meist Sarahs aber manchmal auch noch Tobbis Lieblingssongs übertönt werden, und dummerweise waren das in den seltensten Fällen die gleichen. Egal. Mamutsch drehte stimmlich einfach auf und dann hörte man sie schon – irgendwann.

Lustig wurde das nur, wenn sie ab und zu im Büro ihres Mannes aushalf, das praktischerweise keine 50 Meter um die Ecke lag. Wenn sie dort die Tür öffnete und in voller, gewohnter Lautstärke ihr „Grüß Gott, Frau Helfer" brüllte, dann fiel die langjährige „Rechte Hand" ihres Mannes manchmal vor Schreck fast vom Stuhl, bevor sie erleichtert antwortete: „Ach Sie sind's. Ich dachte schon, es brennt." Und dann lachten sie beide los, denn sie verstanden sich ausgesprochen gut.

Jetzt im Moment war also Tobias gefragt. „Tobiaaas! Teeelefooon!" Jetzt war die Information durchgedrungen. Tobias nahm den Handhörer in seinem Zimmer ab. „Wer ist's?" „Fritze Nitzwitz. Sprecht aber nicht so lange, ich habe extra für dich frische Puff-Kartoffeln gemacht." Dieser Ausdruck war auch so ein Übrigbleibsel aus der Zeit, als sich Tobbi um die Aneignung der deutschen Sprache bemühte. Mamas Kartoffelpuffer waren nämlich von ganz klein auf sein absolutes Leibgericht. Nur aus einem völlig unerfindlichen Grund verdrehte Klein-Tobbi ständig die Reihenfolge der zwei Wortbestandteile. Da sich das aus dem Mund eines Dreijährigen immer lustig anhörte, blieb der Ausdruck Wertheimsches „Familien-Sprachgut", auch als er längst 13, 15 oder 18 war. Sarah hatte leider nie solche sprachlichen Ausrutscher sondern drückte sich bereits als Zweijährige nahezu perfekt aus. Und Pille? Na ja, bei Sybille wurde der kleine Fehler bekannter weise sogar im Namen verewigt.

„Nein, nein, bei Puff-Kartoffeln fasse ich mich kurz." Diese Antwort bekam Fritze, der schon durchgestellt war, auch mit und fragte sich doch ziemlich verwundert, wie freizügig man im Hause Wertheim denn wohl miteinander umging. Tobias klärte das Mißverständnis auf und fragte dann, was es so kurz vor der Abendessenszeit noch Wichtiges gebe. „Du bist gut, Abendessenszeit. Hast Du vergessen, daß ich zum hart arbeitenden Teil der Bevölkerung gehöre?" Tobias wollte Zeit sparen und fragte noch einmal nach: „Was gibt's denn so dringendes?" „Also, paß Obacht", begann Fritze. „Du weißt doch, daß nächste Woche das neue iPhone 5 herauskommt. Und ich plage mich immer noch mit dem uralten Dreier rum. Da kam mir folgende Idee: Ich hab doch bei deinem Vater eine private Haftpflicht abgeschlossen, die ich jetzt schon vier Jahre lang treu und brav bezahle – was mich sehr hart ankommt", verstärkte er noch einmal den Inhalt dieser Selbstverständlichkeit, „und da habe ich mir überlegt, wenn ich das alte Ding jetzt irgendwo vom Dach fallen lasse, zahlt mir dann die Versicherung ein Neues?"

Tobbi traute zuerst seinen Ohren nicht, aber dann erinnerte er sich sehr schnell, wie sein Vater schon öfter davon gesprochen hatte, mit welcher Dreistigkeit manche Versicherungskunden versuchten, sich mit falschen Angaben Versicherungsleistungen zu erschleichen. Die meisten hatten dabei noch nicht einmal ein Unrechts-Bewußtsein. Erstens hatte man doch schon viele Jahre Beiträge gezahlt, die womöglich im Laufe der Zeit auch noch angestiegen waren. Und zweitens hatte man selbst noch nie etwas von diesen Zahlungen gehabt, weil einfach nichts „Passendes" passierte. Da Versicherungen zudem sowieso im Ruf stehen, nur zu kassieren und nie zu zahlen, war und ist leider bis heute Versicherung behumsen ein Kavaliersdelikt. Versicherungsbetrug würde man natürlich nie machen! Ein Auto als gestohlen melden, das man selbst in den Graben gefahren hat, oder so etwas, nein, nie! – aber ein neues iPhone, wenn das Momentane wirklich schon unzumutbar alt ist...

Offensichtlich war jetzt auch noch sein bester Freund Fritz von diesem Bazillus erfaßt. Wie kommst Du den auf die Schnapsidee, fragte er in seiner ersten Verblüffung. Ganz „harmlos" berichtete ihm Fritz, wie man sich unter Kollegen darüber unterhalten habe. „Da hatte einer so ne altmodische Brille, weißt du, mit „Kassengestell" und der hat jetzt plötzlich 'ne 'ganz schicke neue von..." „Mann, ich glaub Du bist mit dem Klammerbeutel gepudert!" unterbrach ihn jetzt Tobbi. „Glaub doch nicht jeden Scheiß! Die Versicherungen sind gerade bei diesen Allerweltsschäden, wie zerbrochenen Brillen, kaputten Handys und umgestürzten teuren Vasen zurecht scharf hinterher! Von diesen Schäden werden mindestens 75 % unwahr geschildert. Und wenn die Versicherung, mangels Beweisen, davon auch nur die Hälfte bezahlt, was meinst Du, wer dafür letztlich wieder blecht? Der Herr Allianz oder die Frau Gothaer? Mann, die Versicherten selber sind das. Die Betrüger selbst und vor allem die Mehrheit der Ehrlichen! Dann werden die Prämien nächstes Jahr wieder teurer und Du jammerst wieder." „Jetzt halt mal die Luft an", wehrte sich Fritz. „Erstens habe ich noch gar nichts unternommen..." „Und dabei bleibt's auch," warf Tobias dazwischen, „denn mit deiner Haftpflicht liegst du sowieso völlig daneben. Die zahlt nur Schäden, die **du** bei einem **fremden** Dritten anrichtest – und das hoffentlich dann auch wirklich. Für so Pipifax-Schäden wie ein neues Handy..." Jetzt unterbrach ihn Fritz, „von wegen Pippifax,! Fünfhundert Euronen sind kein Pipifax." „Für Dich vielleicht jetzt gerade nicht, aber trotzdem wäre Deine komplette Existenz davon nicht gefährdet. Du könntest ja noch ne Weile sparen..." „Oh Mann, jetzt bricht aber der Versicherungs-Fuzzy in dir durch." Fritz´ Stimme klang enttäuscht. „Ich bin genauso wenig ein Fuzzy wie mein Vater, konterte Tobbi, ich mein´s nur gut mit Dir. Sei froh, wenn Dir nie im Leben was Schlimmeres passiert, als mit einem alten Handy zu telefonieren. Zum Beispiel könntest Du als Fußgänger oder Radfahrer einen Verkehrsunfall haben..." „Das deckt die Haftpflicht?" „Natürlich" „Aber was können das für existenzgefährdende Schäden sein? Ich als Fußgänger?´" „Du könntest beispielsweise unseren Sportarzt nach einem Spiel durch deine Unachtsamkeit in seinem Auto zum Ausweichen zwingen. Er fährt gegen eine Wand und bricht sich seine rechte Hand so kompliziert, daß er nie wieder operieren kann. Dann haftest Du nicht nur für die Krankenhauskosten, die Operationen und ein Schmerzensgeld, sondern, so lange er lebt, zahlst du ihm eine Rente, die seinen Verdienstausfall deckt. So steht es im bürgerlichen Gesetzbuch. Und der verdient ein paar Euro mehr als du, als Dachdeckergeselle. Und selbst wenn du eine Fußball-Karriere hinkriegst, mußt du es schon bis in die Nationalmannschaft schaffen, damit man nicht mehr von einer Existenzgefährdung ausgehen kann." Er wurde jetzt im Ton wieder deutlich versöhnlicher. Schließlich war Fritz kein Gangster sondern sein bester Freund. Aber gerade deshalb mußte er ihm rechtzeitig die Augen öffnen. Relativ kleinlaut brachte Fritz aber doch noch einen Einwand: „Aber dann brauch ich doch gar keine Haftpflicht. So was passiert doch alle hundert Jahre mal, und mir sowieso nicht. Ich bin das Aufpassen doch schon von Berufs wegen gewöhnt." „Weißt Du´s ganz sicher? Solche Fälle passieren Hunderte – jedes Jahr! Kannst Du ganz sicher sein, daß Du nicht auch einmal dabei bist? Wie oft hast Du denn schon durchgeschnauft und gesagt, Puh, das ist gerade nochmal gut gegangen? Und dafür ist die Haftpflicht da. Und, wenn Du sie wirklich nie brauchst, dann sei froh und deinem Schutzengel dankbar. Und stelle dir vor, wie vielen anderen, die nicht so viel Glück hatten, du mit deinen (unnötigen?) Beiträgen dann geholfen hast." „Hm, dann bin auch Gutmensch, wider Willen..." „Nein, Du hast Eigenverantwortung gezeigt, denn wenn Du keine Haftpflicht hast und es passiert dir so etwas, dann darf auch noch die Allgemeinheit für dich aufkommen."

„Also gut, das will ich..." „Puff-Kartoffeln werden kalt", tönte es aus der Küche... und schon brach der alte Fritze wieder mit ihm durch: „Ok Alter, war ´ne blöde Idee. Vergiß es. Sieh zu, daß du rechtzeitig ins Puff zu deinen Kartoffeln kommst. Tschüß, bis morgen." „OK, tschüß dann, und nichts für ungut!"

Kapitel 10

Mädchen, Handys und der Fußball

Während Tobias telefonisch seinen Freund vom Betrug abhielt, war man auf der zweiten Leitung, in Sarahs Zimmer in die wichtige Planung für den nächsten Tag vertieft. Mamutsch fragte sich zwar öfters, warum man das nicht nach der Schule mündlich erledigen konnte, wie sie früher, aber sie akzeptierte, daß Tagesplanungen ohne Smartphone oder zumindest „smartes Telefon", wie sie es gegenüber ihrem Nachwuchs im Hinblick auf die Zusatzkosten benannt hatte, absolut uncool war. Es gab ihm Haus Wertheim nämlich noch eine Regel aus dem finsteren „Vor-Flatrate-Mittelalter", die da lautete: Wer glaubt, ohne ein Handy oder, viel aktueller, ohne ein Smartphone nicht auskommen zu können, der mußte sich diesen Luxus von seinem eigenen Taschengeld finanzieren. Die Wertheim-Senioren übersahen, aus Sarahs Sicht, dabei völlig, daß die elektronische Dauerverbindung mit den Freundinnen heutzutage kein Luxus mehr war sondern zu den überlebenswichtigsten Basics gehörte. Aber was sollte man tun? Da waren die Eltern eben noch im wahrsten Sinne des Wortes von gestern. Oder von vorgestern?

Auf jeden Fall hatte das „Wertheimsche Familien-Telekommunikations-Gesetz" beim Nachwuchs völlig unterschiedliche Auswirkungen: Pille interessierte sich nicht die Bohne dafür und verkehrte mit ihren Kindergarten-Freunden einfach, simpel und direkt: mündlich. „Life" sozusagen, obwohl es auch in ihrer Gruppe der 5-Jährigen bereits einige gab, die zumindest ausgediente Handys der Eltern, ständig empfangsbereit mit sich herumtrugen. Zumindest so lange es die beiden Kindergärtnerinnen nicht bemerkten. „Das ist für mich eine unheimliche Erleichterung", erklärte einmal so eine moderne Mutter Frau Wertheim, als sie beide am Ausgang des Kindergartens warteten, um ihren Nachwuchs durch den Großstadtverkehr nach Hause zu lotsen. Seit mein Sven-Justin dieses Phone bei sich trägt, kann ich ihn immer erreichen. Wenn ihm mal passiert, kann er mich sofort anrufen." „Kann er das dann wirklich noch?" wagte Frau Wertheim eine kurze Nachfrage, erntete aber nur Unverständnis im Blick ihrer Gesprächspartnerin und wurde durch die aus der Tür stürmende Sybille von weiteren Argumentationen befreit. Im Weggehen hörte sie noch, wie Sven-Justin ganz enttäuscht fragte, „Mama, was tust Du denn hier? Ich habe Dich doch angerufen, daß ich heute mit Martina zum Essen mitgehe." „Du ißt bei uns zuhause. Weiß ich, was die dir bei Martina vorsetzen. Womöglich noch Fleisch?" begann die moderne Mutter. „Nein, gar nicht! Nur Hamburger und Pommes." Den Schock, den Sven-Justin seiner Erzeugerin damit versetzt hatte, mußte sich die „Vorzeit-Mutter" Wertheim allerdings selbst ausmalen, sie war mittlerweile außer Hörweite.

Anders lag der Fall bei Sarah. Da sie sowieso allem Neuen gegenüber extrem aufgeschlossen war und sich als Schwester eines „großen Bruders" ständig im Zugzwang fühlte, war sie der Meinung, ohne das technische Outfit der Schülergeneration „2000-plus" nicht auskommen zu können. Die anderen 16-jährigen in ihrer Klasse besaßen zum Teil sogar zwei dieser mobilen Kommunikationskeulen, wie ihre Eltern das tolle elektronische Outfit nannten. Wozu zwei, wußte auch Sarah nicht genau. Geschäftliches von privatem zu trennen war ja in der Schule relativ schwierig. Tobbi hatte mal geflachst; „Vielleicht brauchen sie es zum unabgehörten Kontakt mit ihren Dealern." „Ha, ha" „Hast Du denn noch nie was vom NSA-Skandal gehört", mischte sich dann auch noch der Vater ein. Sarah war verunsichert. „**N**-ur **S**-chüler **A**-bwanzen" nahm Tobbi den Ball auf. Große Brüder konnten manchmal so dämlich sein...

Andrerseits hatten sie auch wieder unbestreitbare Vorteile: Sie konnten einen abends noch ein Stündchen länger mit „rausschleusen", sie ermöglichten relativ freien Zugang zu interessanten Gesprächspartnern „im richtigen Alter", denn, wie der Popstar Madonna sich einen 15-Jahre Jüngeren zu angeln, darin sah die 16-jährige Sarah keine wirkliche Perspektive. Im Moment war sie also dabei, vom „smarten Telefon" in ihrem Zimmer auf die Kosten ihrer Eltern eine ausführliche Beratung mit Freundin Jessica zu führen, in welchem Outfit man heute die Fußballer nach dem Training noch abschleppen könnte. Damit meinten sie natürlich nicht vorrangig Tobias sondern eher Stefan Koller (Sarah) und Fritze Nitzwitz (Jessica). „Vielleicht sollten wir auch noch Jenny aktivieren", schlug Sarah vor. „Erstens steht die auf Tobbi, zweitens können wir „unter seinem Schutz" etwas länger ausbleiben und drittens geht das mit der Ami-Biene Susan sowieso irgendwann schief. Der arme Kerl muß hier vor Ort versorgt werden." Glucksendes Lachen unterbrach die Unterhaltung kurz um dann noch eins drauf zu setzen: „und mit Jenny haben wir auch noch einen weiblichen Fuß in der 13 a. Man kann ja nie wissen, wozu das gut ist." „Klar! Vielleicht können wir denen mal bei ihren Aufgaben helfen." Die beiden amüsierten sich köstlich. „Und wer sagt Jenny Bescheid?" Das übernehme ich, antwortete Jessica, die wohnt doch gleich bei uns um die Ecke." „Also abgemacht. Heute abend kurz nach sieben am Sportplatzeck. Wir hörn uns!" Die unterbrochene Verbindung gab Sarah Zeit, sich um ihre Hausaufgaben zu kümmern.

Von fünf bis sieben Uhr, jeden Montag und Freitag, war das U19-Jugendtraining der TSG angesetzt. „Bloß weil die Eierköppe den ganzen Tag nichts zu tun haben, während sich die arbeitende Bevölkerung dann auch noch vor dem Training schon abhetzen muß", maulte Fritze manchmal. „Sei doch froh, deshalb hast Du auch die beste Kondition von uns allen." Angesichts dieses Lobes war Fritze schnell beruhigt und der Termin hatte weiterhin Bestand.

Heute hatte sich Fritze um mehr als eine halbe Stunde verspätet, was dem Trainer gar nicht so recht war. Schließlich sollte Fritze nicht nur „mitbolzen", sondern ordentlich trainieren. Er war schließlich durchaus ein Talent, das zu fördern sich lohnte. Zudem fiel der defensive Mittelfeldspieler der ersten Mannschaft am Wochenende aus. Er lag mit Angina im Bett. „Nein! Nicht mit Angie", hatte er ins Telefon gehustet, als der Trainer seinen sehr ernst gemeinten Entschuldigungsanruf zu einem Scherzchen nutzte. „Ich kenne gar keine Angie. Und die, die ich kenne, mit der gehe ich ganz bestimmt nicht ins Bett." Zwei weitere trockene Huster beendeten dieses Gespräch, das für Fritze Nitzwitz und Jessica so unterschiedliche Folgen haben sollte. Am Ende der Übungsstunde rief der Trainer nämlich das Team zusammen: Jungs, ich bin stolz auf Euch. Wir werden den VfR morgen „von der Platte fegen." Sogar ohne Fritze, Stefan und Tobbi." Alle sahen einander verwundert an. Was war geschehen? Warum durften gerade die Stützen ihrer Mannschaft nicht mitspielen? „Cool down", beruhigte der Trainer, „Ihr drei solltet heute, zusammen mit der ersten Mannschaft, ein kleines Zusatztraining einlegen. Euch brauche ich am Sonntag gegen die Eintracht. Wow. Das war eine Überraschung. Fritze platzte fast vor Stolz. Für Stefan, das Kopfball-Ungeheuer, war das ja nicht mehr ganz so neu, aber auch Tobias war angenehm überrascht, daß man einem so jungen Mann bereits die Torjägerrolle anvertraute. Wenn auch nur als Aushilfe. Er war stolz.

Jetzt war es ganz gut, daß auch er im Besitz des ausgedienten väterlichen Handys war. So konnte er daheim Bescheid sagen, daß er aus „Karrieregründen" heute leider etwas später als gewohnt zu Hause einlaufen würde. Bevor die Mutter seine Prepaid-Karte zu sehr mit Fragen und Bitten belasten konnte, hatte er bereits wieder aufgelegt. So erfuhr er eben nicht, daß sich seine Schwester „verlängerten Ausgang" mit ihm hatte genehmigen lassen. Er freute sich jetzt nur auf das Training mit den „Profis", wie die erste Mannschaft genannt wurde, obwohl alles nur „Oberliga-Amateure" waren. Aber immerhin. Was nicht war, konnte ja noch werden. Zumindest für Fritze Nitzwitz.

Nur nebenbei sei noch erwähnt, daß dieser Freitagabend zu einem „Drei-Mädels-Abend" wurde, der in Enttäuschung begann, sich dann im Café Kauz kalorienreich steigerte und schließlich in regem Informationsaustausch noch sehr harmonisch endete.

Kapitel 11

Mathe und die 72-er-Regel

Es war mal wieder Zeit für Mathe. *Wer braucht schon Mathe*, war die gängige Überzeugung vieler Schüler in jeder Generation. Grundkenntnisse konnten nicht schaden, das sah man durchaus ein, aber bei Mathe-Mathes gab es in der Dreizehnten, kurz vor dem Abitur, keine „Grundkenntnisse" mehr. Da ging es richtig zur Sache. Schließlich hatte er seinen Ruf zu wahren. Noch nie in den letzten 10 Jahren, seit er am Erich-Kästner-Gymnasium unterrichtete, war ein Schüler oder eine Schülerin wegen Mathe durchgefallen. Das sollte so bleiben. Da setzte er gnadenlos seine „T.I.N.A."-Rhetorik ein, die er von der derzeit amtierenden Bundeskanzlerin Merkel übernommen hatte. (There Is NO Alternative) Diesem Ehrgeiz opferte er sogar, wenn es sein mußte – und es mußte eigentlich jedes Jahr sein – einen Teil seiner Freizeit. Für sogenannte „Gruppentherapien", wie er die zusätzlichen Nachhilfestunden im Klassenverband nannte. Während Schüler der unteren Klassen sich wahrscheinlich mit Händen und Füßen gewehrt hätten, zusätzliche Mathestunden „freiwillig" zu pauken, waren die jeweils aktuellen Dreizehner überwiegend dankbar dafür, da sie so für die anstehende Prüfung erheblich an zusätzlicher Sicherheit gewannen. Bei solchen Gelegenheiten fiel Tobias immer mal wieder die „Erkenntnis" ein, die man Mark Twain zuschrieb: „Mit 14 dachte ich öfter, daß mein Vater doch geistig sehr zurückgeblieben sei. Mit 21 wunderte ich mich, wieviel der alte Mann in 7 Jahren dazugelernt hatte."

Jetzt war es allerdings an ihnen, dazuzulernen. Und zwar für die Schule. Nicht für's Leben. Oder doch? Mathe-Mathes war da unberechenbar. Er fragte in die Klasse: Wer kennt das achte Weltwunder? „Das Achte? Es gibt doch nur sieben." Fabian war sich da sicher. „Nein, Albert Einstein hat noch ein achtes benannt." „Den Zinseszins?" Jenny meinte schon einmal so etwas gehört zu haben. „Genau, Jenny. Den Zinseszins. In einer Exponentialkurve darstellbar." Der schöne Anton begann zu summen: „Erst fang'se ganz langsam an..." „Und dann werden sie ganz schnell immer steiler. Richtig Herr Caruso." Mathe-Mathes kam jetzt auch in Fahrt. Damit Euch die Banken und anderen Finanzkonzerne nie in eurem Leben über den Tisch ziehen können. „Jetzt kommt bestimmt die Geschichte von der Erfindung des Schachspiels", brummte Benny zu seiner Tischnachbarin. Wenn es sein mußte, besser gesagt, immer dann, wenn es am wenigsten paßte, hatte Mathe-Mathes Ohren wie ein Luchs. „Nein, die kommt jetzt nicht. Erstens haben wir keine Zeit, um Geschichtchen zu erzählen, zweitens würdet ihr die in ihrem ganze Ausmaß doch nicht begreifen … ein allgemeines „Buuh" brachte geballten Widerspruch zum Ausdruck … „deshalb", fuhr Herr Sturm ungerührt fort, helfe ich Euch heute mit einer einzigen Zahl! Sie besteht zwar aus 2 Ziffern, aber die sind leicht zu merken und bilden quasi die wichtigste Zahl der Welt." „69?" entfuhr es Gaby, die sich Sekundenbruchteile später gerne die Zunge abgebissen hätte, um ihren Vorschlag ungesagt zu machen. Aber Mathes überhörte den Ausrutscher ganz galant und erklärte weiter: Die erste ist in unserem Kulturkreis eine weitverbreitete Glückszahl, im Englischen die lucky.." „Strike?" Das war dem militanten Nichtraucher Sturm jetzt doch zu viel. "Quatschkopp", benannte er Florian. "Was haben Zigaretten den mit Zinseszins zu tun?" Aber so schnell gab sich Florian nicht geschlagen. Er wußte zwar, daß er total daneben lag, aber den Quatschkopp mußte er doch korrigieren: „Zuerst fängt man ganz langsam an, dann raucht man immer mehr, bis oben die Kurve vom Lungenkrebs gekrönt wird." Damit hatte er Herrn Sturm wieder gewonnen. „OK. Mit dieser mathematisch-wissenschaftlichen Argumentation kann ich Dir die Zigarettenwerbung noch einmal durchgehen lassen." Dann wandte er sich wieder an alle und gab sich selbst die erste gewünschte Antwort: „Ich meinte natürlich die „Lucky Seven", auf deutsch: die Sieben." „Die glückliche Sieben", wußte Norbert es diesmal besser. Herr Sturm grinste innerlich und war ganz mit sich zufrieden. Je mehr die Schüler mitdachten – und sei es auch nur auf „Comedy-Niveau", um so besser würde die Ziffer schließlich hängen bleiben. Deshalb setzte er selbst noch einen gewagten Scherz oben drauf, indem er die zweite Ziffer zu der Zahl erklärte, die bei „69" grundlegend sei. Er war sich sicher, daß diese Anspielung bestimmt nicht alle Schüler kapieren würden, aber der eine oder andere würde schon dabei sein , der sich traute und der würde es den anderen später dann bestimmt erklären. Die geheimnisvolle Zahl **„72"** würde sich in den Köpfen einbrennen… „Zwei" kam es auch tatsächlich aus der Klasse und bevor jetzt eine ganz und gar nicht mathematische Diskussion beginnen konnte, faßte er das Ergebnis laut zusammen und schrieb es mit übergroßen Ziffern an die Tafel. Dazu benutzte er sogar extra noch rote Kreide. „Das **kann** doch jetzt keiner mehr vergessen", dachte er bei sich. **„Richtig: 72**, Ich habe Euch heute zu Eurem eigenen Schutz die **„72-Regel"** mitgebracht. Jedesmal, wenn Euch irgend jemand mit ganz tollen Anlage-Angeboten kommt und Euch weismachen will, daß der Wertzuwachs seines Angebots nach 15 Jahren 300 % sei, dann erinnert Euch an unsere heutige kleine Session und holt ihn mit der 72-er-Regel aus seinen Verkäuferträumen zurück!"

„Die „Session" kann aber wohl noch nicht zu Ende sein, ich verstehe nur Bahnhof." Tatjana klang wirklich stark verunsichert. Und Steffen mit 2 „f" setzte sogar noch einen drauf: „An dem Bahnhof fährt gerade die Linie 72 vor Deiner Nase ab". „Das war Spitze!" Jetzt fehlte nur noch daß Mathe-Mathes den Sprung aus der neu aufgewärmten Fernseh-Show „Dalli-Dalli" hinlegte, aber so weit wollte er den Wiedererkennungswert seiner Zahl „72" dann doch nicht treiben. Deshalb fuhr er fort: „Natürlich braucht ihr jetzt auch den Inhalt dieser Regel. Sie ist, im eigentlichen Sinn, keine echte Zinseszins-Rechnung sondern lediglich ein kleiner Ausschnitt aus dem Reich der Zinsen und Renditen. Aber da diese Zahl so leicht zu behalten ist", und jetzt grinste er tatsächlich schon wieder, „und zudem, zumindest für Abiturienten, auch leicht im Kopf zu rechnen ist, kann sie euch extrem behilflich sein, „Zahlenblender" zu entlarven, die sich darauf verlassen, daß Leute schon von selbst falsche Schlüsse zogen und sie deshalb nicht einmal gezwungen sind, „richtig" zu lügen." „Und wie soll das gehen?" langsam wurde auch Tobbi ungeduldig. Die Stunde ging bedrohlich ihrem Ende entgegen und er kannte den Inhalt der 72-er-Regel immer noch nicht. Und er wollte doch so gerne heute Mittag seinen Vater testen…"

„Also paßt auf: Zur Zahl 72 selber gehören noch die beiden Zusatzvoraussetzungen: **Verdopplung und Halbierung**. Das sollte leicht zu behalten sein. Wenn Ihr jetzt einen Zinssatz sucht, der euch inklusive Zinseszins (er hob dazu mit einer wissenden Geste den rechten Zeigefinger) ein vorhandenes Kapital, sagen wir in 10 Jahren verdoppeln soll, dann müßt Ihr nur 72:10 rechnen und erhaltet?" „7,2". Das kam erfreulich schnell, ohne daß jemand den Taschenrechner eingeschaltet hätte. „Prima, die Antwort lautet also, wenn ich 10.000 € in 10 Jahren verdoppeln will, dann brauche ich einen Zinssatz von jährlich 7,2 %. Ihr seht also bereits an diesem Beispiel, wie lange, oder wie viel ihr sparen müßt, um bei den **heutigen** Zinsen von +/- 2 % eure 10.000 Euro zu 20.000 zu machen." „Genau 36 Jahre." Tobbi hatte es bereits raus. Trotzdem versicherte sich Herr Sturm noch einmal: „Und, wie hast du das errechnet?" „Na, nach der 72-er-Regel." „Gut, und wie hast du gerechnet?" „72 : 2(%) führt zu 36 Jahren." „Er hat es", meinte Herr Sturm. „Und jetzt testen wir´s noch einmal anders rum: Das Gegenteil von **An**-sparen wäre ja „**Weg**-sparen" oder, statt Kapitalbildung, Kapitalvernichtung. Bei 4% Inflation werden Deine heute vorhandenen 10.000 Euro in wieviel Jahren zu 5.000? - Jenny?" Angesichts der Diskussionen im Deutschunterricht konnte Norbert nicht anders, als einzuwerfen: „Nie. Die 10.000 bleiben stehen und werden sogar „mehr". **Nur die Kaufkraft sinkt**, und zwar in 72 : 4(%) = 18 Jahren auf einen Wert von heute 5.000 Euro." „Das ist doppelt richtig", Fräulein Jenny, wandte sich Herr Sturm an Norbert, „aber eigentlich wollte ich Jennys Verständnis testen. Jetzt bekommst Du eben die Luxusaufgabe, Jenny.

Nehmen wir an, ein Verkäufer bietet dir eine Anlage an, die in nur 15 Jahren den gigantischen Wertzuwachs von 300 % ausweist. Welchen Zinssatz hast Du bekommen?" „Wahrscheinlich **nicht** die 300 : 15, also 20 %." „Prima erkannt oder vermutet?" Na ja, doch eher vermutet, gab Jenny ehrlicherweise zu. Wenn Sie schon so fragen." „Und was hätte dir die 72-er-Regel dabei helfen können?" Jenny überlegte laut: „Wenn es wirklich 20 % gewesen wären, dann hätte ich bereits nach 3,6 Jahren eine Verdopplung gehabt. Also nach 7,2 Jahren schon das Vierfache..." „Und der gute Mann bietet statt 400 % in 7,2 Jahren nur 300 % in 15 Jahren!" Das sind noch keine 10 %, geschweige denn 20. Soviel kannst du ihm schon ohne Rechner sagen."

„Und mit Rechner sind es 7,6 %", hatte Tobbi inzwischen mit seinem speziellen kaufmännischen Rechner ermittelt. „Na, da siehst du´s." Die Klasse war verblüfft. „Aber das ist doch Betrug, 20 % zu versprechen, wenn es nur 7,6 sind, meinte Angelika entrüstet." „Moment, sagte Herr Sturm. Er hat keine 20 % Rendite versprochen! Wer richtig hinhört und nur ein paar mathematische Grundbegriffe kennt," damit schaute er jedem der Schüler fest ins Auge, „der wird erkannt haben, daß er Wertzuwachs versprochen hat und eben nicht Rendite. Und einen Wertzuwachs von 300 % bietet er durchaus, wenn er mit 7,6 % wirtschaftet. „Clever!" „Clever? – ich nenne es die mathematische Unwissenheit der Menschen ausgenützt. Keiner, der die 72-Regel kennt, wäre darauf hereingefallen." „Und keiner, der richtig hinhört", brummte Berti mal wieder dazwischen. Aber das hörten die meisten nicht mehr, denn die Klingel läutete die Pause ein. Grüßt mir meinen Kollegen Heine, dem habt ihr den Ausflug ins Leben heute zu verdanken gehabt. Der will ja die Inflation von allen Seiten beleuchtet wissen...

Kapitel 12

Umgang mit der Presse

In der Regel freuten sich die 13-er, wenn die Mathestunde endlich vorüber war und sie den Tag ungestreßt bei Reli-Bauer auslaufen lassen konnten. Heute war das etwas anders. Sie standen noch in mehreren Grüppchen im Pausenhof und in den Gängen und diskutierten die neu gelernte „Regel 72". Einig waren sich alle in der Verblüffung, daß Mathe-Mathes so kurz vor dem Abi noch eine ganze Stunde geopfert hatte, um „praktische Lebensvorbereitung" zu unterstützen. Waren er und Heini so gut befreundet? Da mußte man ja vorsichtig sein, daß man nicht irgend wann ein falsches Wort verlor.

„Der Trick mit dem Wertzuwachs ist ja schon ein Hammer", sagte Stefan gerade zu seinem Freund Tobias. „Ja, siehst Du, und solche Begriffs-Fallen gibt es noch einige. Es ist wirklich so, daß die allermeisten Leute relativ wenig Rest-Ahnung an mathematischen Grundzusammenhängen haben. Wenn dann einer noch sprachliche Feinheiten nützt, dann lügt er nicht einmal und keiner kann ihm ans Leder. Und die Kunden sind doch über den Tisch gezogen. Deshalb freue ich mich so darauf, diesen Beruf so zu erlernen, wie mein Vater das tut. Er hilft seinen Kunden gegen solche Drücker, die es leider immer noch in großer Zahl gibt, die aber alle eines gemeinsam haben: Sie haben nur das eine einzige, alle selig machende Angebot in der Tasche, das so unschlagbar ist, daß es morgen schon ausverkauft ist. Also: Schnell unterschreiben, bevor es zu spät ist." Den letzten Satz hatten Norbert und Steffen gerade noch mitbekommen. „Hei, was will Dir die Außenstelle vom alten Wertheim gerade andrehen? Prüf' das lieber erst 72 mal nach." „Klasse," konterte Tobbi, „wenn ihr jedes Angebot, das man euch mal macht, erst 72 mal nachprüft, dann wird wenigstens euch, auch ohne meine künftige Hilfe, so leicht keiner übers Ohr hauen. Es könnte allerdings sein, daß ihr euch dann übers Internet selbst versorgen müßt, denn die Zeit und Geduld bringt wahrscheinlich weder ein seriöser noch ein unseriöser Berater oder Verkäufer auf. Die 4 lachten und machten sich auf zu Reli-Bauer.

„Hallo, guten Morgen, Gemeinde", begrüßte Herr Bauer die Ankommenden. „Schön, daß ihr alle hergefunden habt." „Zu Ihnen doch immer, Herr Rel.., Herr Bauer." „Kannst mich ruhig mit meinem vollen Namen ansprechen, Gaby. Ich kenne den schon seit Jahrzehnten." Er machte eine kleine Pause, dann begann er wieder: „Neulich, als Herr Wertheim bei uns war, hatte ich den Eindruck, daß die Kritiker der Versicherungsbranche gar nicht richtig zum Zug gekommen sind." „Er hat das ja auch clever gemacht, mit seinem „Cakubept", da konnte man nichts dran aussetzen." „Das freut mich für Euch, daß ihr diese Offenheit aufbringen konntet. Viele Begegnungen mit der Versicherungs- bzw. der Geldbranche stehen häufig unter den ungünstigen Sternen tief sitzender VOR-Urteile. Wenn man nicht ausdrücklich sein Großhirn einschaltet, kann man sich dem auch kaum entziehen." „Erst denken, dann handeln, hat mein Vater immer gesagt" warf Jenny ein. „Dein Vater ist ein kluger Mann, Jenny. Wenn alle Erwachsenen ihr Leben so einrichten könnten, wäre schon sehr viel geholfen. Aber leider ist das (noch) nicht so. An allen Ecken und Enden und zu allen Gelegenheiten werden Menschen sprachlich verführt eingelullt und übervorteilt. „Das ist aber nicht nur im Geldgeschäft so", wehrte sich Tobbi.

„Natürlich nicht – wenn ihr nicht selbst **ständig wach mitdenkt**, beginnen die Herausforderungen bereits in der Morgenzeitung. Allein schon die Auswahl der Meldungen ist eine Meinungsäußerung der zuständigen Redaktion. Und leider gilt für die Presse wahrscheinlich bis in alle Ewigkeit das oberste Gesetz jedes Journalisten. Wer kennt es? „Bad news are good news" kam es im Chor. „Theoretisch seid ihr also darauf gefaßt? „Schlechte" Nachrichten sind für die Presse „gute" Nachrichten. Und, es gibt noch eine zweite Grundregel: „Man soll eine „gute Story" nicht tot recherchieren". Was nichts anderes heißt, als daß man sich nicht so lange um die Tatsachen kümmern sollte, bis die „bad news" womöglich gar nicht mehr „bad" sind." „Kann man der Presse dann gar nichts glauben?" fragte die blonde Gaby. „Soweit möchte ich dann doch nicht gehen", antwortete Reli-Bauer. „Das wäre schon wieder das Kind mit dem Bade ausgeschüttet. Ihr solltet lediglich nicht alles Gelesene einfach kritiklos übernehmen sondern selbst mit-denken." „Aber im Faust steht doch, „*Was du schwarz auf weiß besitzt, kannst du getrost nach Hause tragen.*" Hatte Steffen seinen Faust schon vorab gelesen? Aber Berti konterte gleich: „und warum sagt man dann, „*der lügt wie gedruckt*"?" Reli–Bauer machte es richtig Spaß, zu sehen, daß „seine Gemeinde" so aktiv an der Diskussion teilnahm und vor allem offensichtlich doch schon über eine gewisse Grundbildung verfügte. Für diese Klasse war ihm nicht bange.

„Genau diese Argumente zeigen euch, daß es für **alles** im Leben auch einen Gegen-Standpunkt gibt. Das solltet ihr nie vergessen. Glaubt nicht alles unbesehen, nur weil es irgendwo geschrieben steht. Fragt Euch immer, **wer** sagt oder schreibt etwas und **warum**? Das gilt nicht nur für die Presse, das gilt in jeder Lebenslage. Bei jedem Angebot, bei jedem Verkauf. Diese beiden simplen Fragen werden euch von allergrößtem Nutzen sein, wenn ihr sie nicht vergeßt! Aber laßt uns zum Thema zurückkommen", blockte er weitere Wortmeldungen ab, denn die Stunde neigte sich dem Ende zu.

Im Fall der Presse sollte man vielleicht statt „schlechter" Nachrichten eher „außergewöhnliche" Nachrichten zum Motto machen. Das Außergewöhnliche, das Besondere hat die Neugier der Menschen schon immer angeregt. So sehr, daß sie sogar bereit sind, Geld dafür auszugeben. Um Zeitungen und Illustrierte Magazine zu kaufen, oder auf dem Jahrmarkt, um die „Frau mit den zwei Köpfen" anzustarren. Das „Normale", das „Alltägliche" hat jeder bei sich zu Haus. Dafür braucht er keine Zeitung zu kaufen. Stellt euch vor, ihr müßtet morgens lesen: *Am gestrigen Dienstag sind von den 300 in Frankfurt gestarteten Flugzeugen alle 300 fast planmäßig an ihren Zielflughäfen sicher gelandet.* Oder: *Die sechsköpfige Familie, die gestern mittag zu ihrer Urlaubsreise aufgebrochen ist, ist gesund am Ziel angekommen.* Würde Euch das interessieren?" „Wenn es meine Familie wäre, schon." Fabian wollte auch was beitragen. „Genau das ist es", hakte Reli-Bauer nach: Die eigene Betroffenheit macht so eine Meldung interessant. Also müßt ihr durch Meldungen, die euch Geld für den Kauf der Zeitung entlocken sollen, betroffen gemacht werden. *Flugzeug über der Südsee abgestürzt,* das macht betroffen. Noch betroffener macht dann: *Von den 350 Insassen, unter denen sich auch 22 Deutsche befanden, konnten nur 2 lebend gerettet werden.* Die Nerven werden „angenehm" gekitzelt. Gut, daß man selbst nicht in dem Flugzeug saß. Man hätte ja einer der 22 Deutschen sein können. Und das kann man pressetechnisch noch ein wenig profitabler gestalten, wenn sonst grade nichts los ist, auf der Welt. Dann werden Statistiken veröffentlicht, wie viele Flugzeuge in den letzten 5 Jahren in die Südsee gestürzt sind. Wenn das nicht ergiebig genug ist, werden sämtliche Abstürze der Maschinen gleichen Typs aufgezählt, oder zumindest aller Maschinen der betroffenen Airline. Hat Euch das schon jemals abgehalten, in einen Typ dieses Flugzeugs zu steigen?" „Meistens kenne ich den Typ ja gar nicht, das interessiert mich wenig." meinte Stefan. „Oder boykottiert ihr jetzt die Lusthansa, weil es ein Flieger aus deren Flotte war?" „Quatsch. Shit can happen." Norbert war da sehr deutlich. „Was bringen Euch solche Nachrichten also an konkretem Nutzen für Euer persönliches Leben?" „Nix". „Doch! Immerhin weiß ich jetzt, daß ein Flugzeug in die Südsee gestürzt ist. Ich bin informiert, was so auf der Welt geschieht." Angelika, die sehr gerne alle möglichen Journale und Magazine las und manchmal sogar kaufte, verteidigte die Presse.

„Genau das ist es, was die Presse nutzt. Sie schafft durch die Betroffenheit Vieler eine Art Zusammengehörigkeitsgefühl. Sie spricht den Menschen als Gemeinschaftswesen an. Sie liefert die Themen, die die Menschen untereinander diskutieren. Über die sie sich unterhalten, sich verbinden." „Ich habe mich noch nie mit jemandem über abstürzende Flugzeuge vom Typ soundso unterhalten," murrte Jessica. „Du hast ja auch von Technik keine Ahnung", Steffen mochte Jessica nicht besonders. Herr Bauer unterband die persönlichen Angriffe schnell, indem er hinzufügte: „Es stehen ja auch noch viele andere außergewöhnliche Meldungen drin." „Ja, welche Prinzessin gerade wieder welchen Prinzen geknutscht hat." „Prinzessinnen knutschen jetzt nicht mehr, die bekommen alle Babys." „Ach, kommt das nicht vom Knutschen?" Der schöne Anton hatte sichtlich Spaß, die blonde Gaby aufzuziehen. Aber auch dem machte Herr Bauer schnell ein Ende.

„Selbstverständlich transportieren Presse-Erzeugnisse, und dazu gehören übrigens in gleicher Weise Radio und Fernsehen, fürs tägliche Leben interessante und mehr oder weniger wichtige Nachrichten und Hinweise. „Ja, wenn die Borussen die Bayern mal wieder richtig naß gemacht haben, woher sollte ich das sonst erfahren? Steffen grinste zu Tobbi hinüber. Der drehte sich halb um und meinte ganz ruhig: „Das wirst du wohl in den nächsten 5 Jahren gar nicht mehr erfahren." Die anderen Bayern-Fans in der Klasse johlten, die Borussen-Anhänger blockten ab: „Ha, ha, ha." Reli-Bauer hatte viel zu tun, auch die Beiträge aus den sportlichen Lagern zu stoppen. Er faßte zusammen: Prüft Euch also selbst, inwiefern und auf welche Weise ihr künftig Presseprodukte nützt. Schon die Antwort auf die simple Frage: *„Bringt mich diese Meldung persönlich, in meinem Leben weiter?"* kann euch in ruhigere und ausgeglichenere Stimmung versetzen. Nutzt die Presse zu eurem Vorteil, aber laßt euch nicht von ihr benutzen. Wenn ihr euch ab und zu an diesen Tip von eurem alten Reli-Bauer erinnert, war es diese Stunde wert. Die Schlußglocke läutete und die 13 a machte sich auf ins wohlverdiente Wochenende.

Kapitel 13

Radrennen mit Jenny

„Hi, Tobbi, was machst Du heute mittag?" Jenny stand an der Tür zum Fahrradkeller der Schule, wo Tobias seinen „Renner" geparkt hatte. „Vor oder nach der Sportschau?" grinste er. „Egal", meinte Jenny. Sie hatte am „Drei-Mädelsabend" neulich erfahren, daß Tobbi an spielfreien Wochenenden wie diesem, gerne mal seine „Lungen durchpustete", wie er es nannte. „Hättest Du mal Lust auf ein kleines privates Radrennen?" forderte sie ihn heraus. So ganz ernst konnte Tobias diese Herausforderung zwar nicht nehmen, aber Jenny war eine sehr nette und dazu noch ausgesprochen hübsche Klassenkameradin. Er hatte natürlich längst bemerkt, daß er ihr nicht gleichgültig war – andrerseits fühlte er sich immer noch Susan verbunden und er wollte Jenny nicht verletzen. Dann nahm er aber den sportlichen Ball doch auf: „Du willst gegen mich antreten? Wieviel Vorsprung brauchst Du dabei? Jenny warf einen Blick auf ihr neuestes 21-Gang-Mountainbike. Ich würde sagen, wenn Du mir eine Viertelstunde gibst, würde mir das reichen, um als erste an der Grünberger Hütte zu sein." Die Grünberger Hütte war ein sehr uriges und weithin bekanntes Ausflugslokal in etwa 1.200 m Höhe. Etwa 15 Serpentinen waren vom Fuß des Berges bis dort hinauf zu überwinden. Zum Teil mit über 10 % Steigung. Aber es gab dort den „weltbesten" Apfelkuchen. Und sie wußte, wiederum vom „Informationsabend", daß Apfelkuchen ein Mittel war, um Tobbi fast überall hin zu locken. „Ich lade Dich auch ein, solltest Du mich rechtzeitig einholen. Wenn ich gewinne zahlst du. Einverstanden?" Die Aussicht auf ein kostenloses Stück vom „weltbesten" Apfelkuchen machte Tobbi wunschgemäß schwach. „Also gut: Wir treffen uns um 14.00 Uhr am Moosbach. Du fährst los, ich gehe noch ein bißchen schwimmen, grinste er siegessicher und dann kannst du unterwegs schon mal dein Kleingeld locker machen. Ich freue mich auf einen Gratis-Apfelkuchen mit Dir."

Was Tobias allerdings nicht wußte, war zweierlei: Erstens, wie gut und schnell Jenny tatsächlich auf dem Bike war. Sie war ein Mädchen. (Aber eines, das gut und viel und schnell Fahrrad fuhr!) Er war der Meinung, Mädchen an sich hätten gegen ihn und seinen Renner keine Chance. Selbst die Frauen-Weltmeisterin im Mountainbiken hatte schließlich gegen einen männlichen

Top-Fahrer auch keine Chance. Das zweite, was er nicht wußte, war, mit wieviel Raffinesse Jenny sich ihren Plan zurechtgelegt hatte. Sie hatte von Sarah gehört, wie Tobbi zuhause immer mit seinen Bergtrainings-Leistungen geglänzt hatte. Er war schneller als sein Vater und sogar schneller als ein Kollege seines Vaters, der aktive Rennen – wenn auch Seniorenklasse – fuhr. Fünfundvierzig Minuten war sein Rekord, vom Moosbach im Tal, 15 Kehren hinauf zur Grünberger Hütte. Jenny war die Strecke mehrfach abgefahren. Sie schaffte sie in knapp einer Stunde. Wenn Tobbi heute nicht gerade Rekord fuhr, sollte sie, bei 15 Minuten Vorgabe, eigentlich zuerst oben sein. Vielleicht in Sichtweite, aber eben doch zuerst. (Grins)

Und so kam es dann auch. Obwohl Tobias tatsächlich mit 42 Minuten neuen Rekord fuhr. Er hatte zu Beginn ganz „großzügig" noch zwei drei Minütchen zugegeben. Er wollte Jenny ja nicht demoralisieren. Sie war schließlich ein feiner „Kerl", und wenn Susan nicht gewesen wäre … Als Tobbi 3 Kehren vor dem Ziel das rote Bike von Jenny immer noch nicht im Blickfeld hatte, wurde er langsam nervös. Er erhöhte noch einmal die Trittfrequenz. Jetzt war er richtig gefordert. Das gab's doch nicht! In der letzten Kehre sah er oben vor sich gerade noch ein rotes Etwas um die letzte Kurve biegen. Das war doch nicht möglich! Sie war schon oben? Jetzt setzte er seine letzten Reserven frei. Einen solchen Schlußspurt hatte die Grünberghütte noch nicht gesehen – aber es war zu spät. Er schaffte zwar seinen neuen persönlichen Rekord, die Apfelkuchen mußte allerdings er bezahlen, nachdem er wieder einigermaßen bei Atem war.

Im Laufe der weiteren Erholung und als ihm Jenny doch noch auf ihre Kosten ein zweites Stück Kuchen spendiert hatte, fragte er sie mit ungläubigem Staunen: „Kennst Du irgendwo eine Abkürzung?" Jenny lachte: „Ja wo denn? Da wäre es ja noch steiler gewesen. Oder hätte ich meinen Flitzer vielleicht tragen sollen?" Tobbis Verwunderung begann sich in Bewunderung zu wandeln. „Mein lieber Scholli, das Radfahren hast du tatsächlich drauf." „Ich habe noch ganz anderes drauf", lächelte sie ihn an. „Hä, kannst Du womöglich auch noch besser Fußball spielen als ich?" Für ganz abseitig hielt er das jetzt auch nicht mehr. Schließlich war ja auch Susan… Jenny holte ihn in die Wirklichkeit zurück: „Nein aber tanzen. Tanzt du gerne?" „Mit der richtigen Partnerin schon", gab Tobias zu. „Und, bin ich die richtige Partnerin?" Mit einem langen Blick auf das hübsche Mädchen in der engen Fahradmontur gab er schließlich zu: „Wenn Du so tanzt, wie du Rad fährst, bist du absolut die Richtige." „Dann laß dich überraschen. Heute abend um 21.30 Uhr im Café Kauz?" Also gut.

Tobbi sagte gerne zu und so wurde es noch eine entspannte Heimradel-Tour, bei der er ihr aber doch noch kurz vorführen mußte, wer der wahrhaft Schnellere war. Aber sie nahm das zufrieden hin. Man mußte die Männer, die man mochte, ja nicht mit Gewalt niederhalten. Sie hatte ihr erstes Etappenziel erreicht und freute sich auf den anstehenden Tanzabend.

Kapitel 14

Zukunftspläne

Der Tanzabend war ein voller Erfolg gewesen. Man mußte zugeben: Für beide. Noch nie hatte Tobias so wenig an Susan gedacht. Und als Salsa-Partnerin war Jenny „erste Sahne".

Eigentlich hatte Tobbi zuhause fast schon ein doppelt-schlechtes Gewissen. Gegen Susan und in gewisser Weise ja auch gegen Jenny. Versonnen blickte er auf seine zwei „Zielkisten". Die für Amerika war deutlich besser gefüllt. Dort hinein wanderten schließlich auch alle Einnahmen, die ein 18-jähriger Abiturient sich noch so nebenbei erwirtschaften konnte: Ablage machen in Vaters Büro. Beim Fahrrad-Schrauber Wolle ab und zu aushelfen, was aber eher in „Radler-Naturalien" bezahlt wurde als in cash und einmal in der Woche eine Englisch-Nachhilfestunde für einen sprachlich völlig minderbemittelten Unterstufenschüler, dessen Eltern um alles in der Welt eine Zwei in Englisch sehen wollten. Eigentlich ein hoffnungsloser Fall, aber der Vater des Knaben bezahlte 15 Euronen die Stunde in bar. Also wurde eine Stunde geopfert und die Amerika-Kiste freute sich. Das Ende war ja abzusehen: Der enttäuschte Vater ohne Englisch-Zwei im Zeugnis seines Sprößlings und er in Amerika im Sabbat-Halbjahr in Spartanburg, South Carolina. Im nahegelegenen BMW-Zweigwerk in Greenville hatte ihm ein Freund seines Vaters sogar einen Job in Aussicht gestellt, so daß er kaum finanzielle Einbußen hätte, wenn er nur erst mal drüben wäre. Und vielleicht gelang es ihm dann, Susan zu einem Auslands-Semester in „Good Old Germany" zu überreden? Man würde sehen.

Sarah unterbrach seine Gedanken. Im weißen Nachthemd stand sie in der Tür und fragte: „Na, wie war's? Hast Du Jenny abgesägt? Er wußte ja nicht, daß Sarah einen erheblichen Anteil zu seiner Radrennsport-Niederlage beigetragen hatte und sich innerlich köstlich amüsierte. Also berichtete er halb „geknickt" halb begeistert, wie gut Jenny sowohl radfahren als auch tanzen konnte. Seine Schwester beglückwünschte ihn zu dieser „gewinnbringenden Niederlage" und machte sich befriedigt aus dem Staub. Jenny würde sich freuen, weitere Neuigkeiten aus dem Hause Wertheim zu hören und sie selbst konnte jetzt auch in der Schule ganz unauffällig mit ihrer neuen Freundin Jenny in der

Nähe von Stefan Koller herumhängen. Wie würde ihr Vater das nennen? Eine typische „Win-Win-Situation". Sie war zufrieden.

Im Wohnzimmer unterhielten sich derweil Vater und Mutter Wertheim über die Schul- und Reisepläne ihres Ältesten. Mutter war noch skeptisch, was die Amerika-Pläne anging, aber Vater Wertheim meinte: „Laß ihn ruhig seine eigenen Erfahrungen machen. Wir sollten uns da nicht einmischen. Und da die Wehrpflicht jetzt ja entfallen ist, verliert er auch keine Zeit gegenüber den Abiturienten von vor drei Jahren." „Aber es ist trotzdem ein halbes Jahr, das ihm fehlt." „Nein, meine Liebe, dieses halbe Jahr auf sich alleingestellt in den Staaten, eingebunden in die amerikanische „Job-Maschinerie" wird ihn menschlich weiter bringen als ein ganzes Jahr in unserem Hotel Mama. Du mußt los lassen. Und zudem, er machte noch ein kleine Pause, ist er dann auch ein halbes Jahr älter, wenn er fertig ist. Statt 22 geht er dann schon auf die 23 zu, was im Hinblick auf seine künftige Beratertätigkeit nur von Nutzen sein kann. Wenn er **zu** jung ist, wird leider auch die Akzeptanz bei den Kunden schwieriger. Stell Dir mal einen 40-jährigen Arzt vor, der seine Praxis finanzieren will, und da taucht ein 22-Jähriger auf." Mutter nickte verstehend: „Ja, Dein Beruf hat offensichtlich Nachteile für junge Leute." „Nein, Schatz, so kannst Du das auch wieder nicht sehen. Jeder Beruf, der mit oder am Menschen arbeitet, hat genau das gleiche Problem: Wem vertraust Du schneller? Deiner 50-jährigen erfahrenen Frauenärztin oder der jungen Dame frisch von der Uni. Auch die Ärzte müssen noch durch „Anlernphasen" geführt werden, bis sie ihre Patienten schon allein durch ihre Präsenz beeindrucken. Rechtsanwälte! Möchtest Du der „erste Fall" eines anwaltlichen Neulings sein? Ich nicht. Deshalb fangen auch junge Anwälte in aller Regel bei eingeführten Kanzleien mit gutem Namen an. Genau wie die Steuerberater! Schließlich möchte niemand mit dem Finanzamt in Clinch geraten, bloß weil der junge Steuerberater irgendeine Frist versäumt hat. Es ist überall dasselbe. Erfahrungen zählen. Und wir brauchen alle Patienten, Mandanten oder Kunden, die der Jugend eine Chance geben. Das fällt natürlich um so leichter, je eher zu Beginn ein erfahrener Chef dahintersteht. Und das," sagte er nicht ohne Stolz, „das kann ich ihm ja bieten. Er wird nachher mit der Erfahrung von 32 Jahren auf seinen 23-jährigen Beinen zum Kunden gehen und du siehst ja selbst, im Nu hat er ein Jahrzehnt eigener Erfahrungen dazu gesammelt, so daß wir beide immer besser werden."

Im Grunde war Mutter durchaus einverstanden mit den Plänen, den Familienbetrieb auf etwas breitere Beine zu stellen, das erhöhte auf jeden Fall ihre eigene, persönliche Sicherheit zu der sie, Emanzipation hin, Emanzipation her, als Frau immer noch mehr neigte, als Männer das in der Regel tun. Trotzdem wollte sie noch ein Schlußwort setzen: „Ich kenne einen Beruf, bei dem Jugend nicht stört." „Striptease-Tänzerin"? „Mann oh Mann", entfuhr es ihr, „Lehrer! Die jungen Lehrer waren bei uns an der Schule immer die Beliebteren." „Bist du dir da wirklich ganz sicher", bezweifelte ihr Mann ihre Erkenntnis. „Ist es nicht eher so, daß wir vor den jungen Lehrern nicht so viel Angst – oder nennen wir es mal „Respekt" hatten? Und mußten sich die Lehrer diesen Respekt nicht auch mit jahrelanger Erfahrung erarbeiten?" „Hm. Wenn man es so sieht, hast Du wohl recht." Letztlich geht alles darum, das, was man für gut oder richtig hält, weiterzugeben, und dem Nachwuchs seine eigenen Erfahrungen zu ermöglichen und seine Erfolge zu gönnen." „Das hast Du jetzt aber schön gesagt. Da könntest Du direkt ein Buch darüber schreiben." Sie küßte ihn und entschwand in Richtung Schlafzimmer. Morgen war schließlich auch noch ein Tag.

Kapitel 15

Inflation und Staatsfinanzen

„Jetzt bin ich gespannt, ob wir heute die Inflations-Problematik, passend zu unserem Erörterungsthema doch noch in den Griff bekommen." Herr Heine begann heute ohne lange Vorreden. „Wenn man die momentane Inflationsrate von 2,3 % durch 72 teilt", begann Norbert, aber Herr Heine unterbrach ihn sofort. „Ich weiß, mein Freund Sturm hat Euch eine Stunde geopfert. Ich habe es schon dankbar vernommen. Aber mit dieser Regel soll Euch das praktische Leben erleichtert werden, Die Theorie können wir damit leider nicht abdekken. Also: Wann spricht man von Inflation?" „Wenn die Preise schneller steigen als die Löhne und alles teurer wird." „Der Ansatz ist gar nicht so schlecht, danke Tatjana." „Aber könnte man das nicht durch steigende Löhne wieder ausgleichen? Die Firmen hätten doch das Geld dafür, bei gestiegenen Preisen." – „Ja, aber dann wäre noch mehr Geld unterwegs. Die Leute würden noch mehr kaufen und die Nachfrage weiter anheizen, was wiederum die Preise steigen ließe, wodurch die Arbeitnehmer wieder höhere Löhne bräuchten ..." „Blödes Spiel" brummte der dicke Berti. „Das hört ja nie auf." „Eben. Man nennt das die „Lohn-Preis-Spirale". Sie sorgt dafür, daß die Inflationsrate immer weiter ansteigt. Mit der Folge, daß das Geld, was heute auf den Sparbüchern liegt, zwar um ein paar Bankzinsen nominal erhöht wird, man sich andrerseits die immer teurer gewordenen Sachen, deshalb der Begriff „Sachwerte", nicht mehr leisten kann. Der Sparer wird durch die Inflation über kurz oder lang mehr oder weniger enteignet."

Die Klasse sah kurzzeitig etwas ratlos aus. Herr Heine fuhr fort: Könnt Ihr euch vorstellen, wer von dieser Entwicklung profitiert?" „Na zumindest alle, die nichts haben." Das war wieder ein typischer Steffen mit zwei „f". Das ist nur halb richtig. Die, die keine Bargeld-Konten führen, ja – sie sollten aber schon was anderes haben, sonst gibt es nichts zu profitieren." „Die immer teurer werdenden „Sachen" zu besitzen. Das wäre bestimmt nicht schlecht." Stefan war voll mit dabei. „Richtig. Und wenn jetzt jemand beispielsweise ein Haus besitzt, daß er einmal für 200.000 Euro gekauft und mit 150.000 Euro Kredit finanziert hat, und dieses Haus ist heute plötzlich 400.000 Euro wert, dann hat er bei einem Verkauf plötzlich 250.000 Euro freies Geld, obwohl er anfangs nur 50.000 Euro selbst investiert hatte. Die Inflation hat ihm seine Schulden getilgt und sogar noch einen zusätzlichen Gewinn beschert. Wer Schulden hat, profitiert demnach von der Inflation. Oder?" Im Moment kam kein Widerspruch. So fuhr Herr Heine fort, „und wer ist der größte Schuldner im ganzen Land?" „Der Staat?" „Sehr gut, Jenny, der Staat. Deshalb kann man davon ausgehen, daß es entgegen allen Beteuerungen der jeweiligen Regierungen durchaus gern gesehen ist, wenn eine erträgliche Inflationsrate die Schulden zu tilgen hilft." Was heißt, „erträglich" hakte jetzt Florian nach. „Nun, erträglich heißt im wörtlichsten Sinn, gerade so viel, wie die Bevölkerung ohne Murren und Abwahl erträgt." „Ja, aber dann brauchen doch alle nur Schulden machen und jedem geht es gut." „Ganz so einfach geht das leider nicht", dämpfte Herr Heine falsche Hoffnungen. „Nicht jeder, der eben mal bei der Bank vorbeischaut, bekommt auch gleich Kredit. Dazu muß man sogenannte „Bonität" nachweisen. Man muß einen sicheren Arbeitsplatz oder ein sonst sicheres Einkommen haben, und das muß so hoch sein, daß man der Bank Zins"… „und Zinseszins!" … „ja, den auch, vor allem aber die Tilgungsraten also die Kredit-Rückzahlungen, leisten kann." „Und ich dachte, das übernimmt die Inflation?"

„Für den Privatmann hat das, im Gegensatz zum Staat, leider einen großen Haken: Er könnte zwischenzeitlich seinen Arbeitsplatz verlieren, weil er im Zuge der inflationär ständig steigenden Löhne seinem Arbeitgeber zu teuer wird und ihn dieser lieber durch einen Computer oder Roboter ersetzt." „Dann sieht die Bank aber alt aus." „Unser Häusles-Eigner aber noch älter, denn die Bank hat sich ja als Sicherheit sein Haus abtreten lassen. Per Grundschuld oder Hypothek. Wenn nicht in angemessener Zeit getilgt wird, hat unser „kleiner Schuldner" nicht nur seinen Arbeitslatz sondern auch sein Haus verloren." „Aber seine Schulden ist er wenigstens los." „Leider auch nur dann, wenn das Objekt bis dahin lange genug an Wert gewonnen hatte. Wenn der Erlös beim Verkauf durch die Bank nicht reicht, um die Schuld zurückzuzahlen, dann muß der Ärmste noch bis zu 30 Jahre lang für die restliche Rückzahlung grade stehen." „ Dann soll er doch Privatkonkurs anmelden" meinte Tobias. „Ja, du Wirtschaftsweiser, dieses Verfahren gibt es jetzt zwar seit ein paar Jahren, funktioniert allerdings auch nicht immer so elegant, wie bei Herrn Zwegat im Fernsehen. Kreditaufnahme an sich ist nichts Schlechtes. Gerade beim Hausbau geht es nur selten ohne. Aber man sollte sich nie ohne Plan „B" auf so ein Abenteuer einlassen. Und vor allem, denkt an den Vortrag von Herrn Wertheim, begebt euch niemals ohne Komplettabsicherung aller Arbeitskräfte, die die Finanzierung tragen sollen, für viele Jahre in die Abhängigkeit von Banken und Arbeitgebern.

Ein Privatmann kann das nicht so locker nehmen, wie der Staat. Dem versteigert niemand den Regierungssitz unter dem Hintern weg. „Trotzdem", Norbert hatte noch einen Einwand: „Wenn ich ein Haus finanzieren will und muß dann auch noch zusätzlich die ganzen Versicherungsprämien aufbringen, da reicht doch ein durchschnittliches Einkommen hinten und vorne nicht. Was dann?" „Dann laß lieber die Finger vom eigenen Haus. Kauf 'ne Wohnung oder laß es ganz und miete dir was Schönes. Du wirst Dein Leben lang ruhiger schlafen." Tobias klang jetzt schon ganz wie sein Vater. Aber Herr Heine nickte zustimmend. „Tobias hat Recht. Wenn Du dann nicht eine ordentliche Portion Eigenkapital oder Eigenleistung einbringen kannst, laß es sein. Die vielen hundert Versteigerungen von privaten Häusern, jeden Monat, beweisen Dir, daß der Rat Deines Mitschülers richtig ist."

„Jetzt würde mich nur eins interessieren," warf Angelika ein, „warum macht der Staat überhaupt so viele Schulden?" „Damit es Dir besser geht, Fräulein Angie", der schöne Anton grinste und lies sein ebenmäßiges Gebiß blitzen. „Quatschkopp" blitzte Jenny zurück. „Wir wollen Abi schreiben und nicht Deine Kindergarten-Witzchen hören." Das Grinsen im Gesicht Antons gefror. Er hielt durchaus viel von seiner hübschen Klassenkameradin und daß diese ihn jetzt vor der gesamten Klasse so abbügelte, traf ihn schon hart. „Und was ist es dann"? begab er sich leicht verlegen auf den Rückzug.

Herr Heine übernahm wieder die Regie: „Das allerwichtigste ist dabei wohl, daß sich ein „Staatshaushalt" ganz erheblich von einem „Privathaushalt" unterscheidet." „Klar, der verfügt über Milliarden und ich über nichts." Siggi steuerte eines seiner gefürchteten Scherzchen bei. „Weißt du denn, wie viele Nullen eine Milliarde hat?" Gaby drehte sich erwartungsvoll zu Siggi um. „Hmm ... ich denke mal neun? Aber bei mir stehen sie alle rechts vom Komma, das ist das Blöde." Im Hinblick darauf, daß ihm die Zeit weglief, er aber heute unbedingt mit diesem Stoff fertig werden wollte, unterband Herr Heine die Fortsetzung von Siggis Comedy-Auftritt. „Das ist toll, Siggi, daran mußt Du noch arbeiten. Aber tu's als vernünftiger Privathaushalt: Arbeite, spare was du nicht unbedingt zum Leben und Wohnen brauchst und erfülle dir deine Wünsche mit diesem Ersparten. Nicht schaden kann es, wenn du schon von

Anfang an damit beginnst, ein paar Rückklagen fürs Alter zu bilden. Aber um Himmels Willen, nicht jeden freien Cent auf 30 Jahre festlegen. Das hält kein normaler Mensch durch. Der Staat bietet ja durchaus einige finanzielle Anreize, die sich zum ersten Aufbau eines **Grundstocks** fürs letzte Lebensdrittel bestens eignen. Wenn man davon Gebrauch macht, bleibt das heutige Leben durchaus lebenswert."

Tobias blickte ganz verwundert auf Herrn Heine. War der bei seinem Vater in die Lehre gegangen? Das hörte er von diesem doch auch immer wieder. Aber Herr Heine war in seinem Vortrag schon fortgefahren: „Der Staat hat kein „Alter" . Folglich braucht er dafür auch nicht vorzusorgen. Unterschied Nr. 1. Unterschied 2: Der Staat muß nicht wirklich „leben und wohnen", **der Staat muß das Staatswesen organisieren.** Das hängt dann sehr viel mit Wünschen und Planung zusammen. Die Sozialpolitiker wollen Familien, Kranken und Kindern Gutes tun, die Wirtschaftspolitiker müssen Infrastrukturen, also Straßen, Schienen und Kanäle zur Verfügung stellen, die Verteidigungspolitiker müssen das Heer, der Innenminister die Polizei ausrüsten und so hat jedes Ressort viele Wünsche, die allesamt der Finanzminister aus „seinen" Steuer-Einnahmen bezahlen soll. Wenn diese dann nicht ausreichen, was sie angesichts der Vielzahl der Wünsche nie tun, dann liegt es schon mal nahe, einfach Kredite aufzunehmen, um das Wahlvolk schneller zufriedenzustellen, damit die nächste Wiederwahl gesichert ist. Ganz sicher spielt hier auch mit, daß Politiker immer nur „das Geld Anderer für Andere ausgeben". Das fällt wesentlich leichter, als wenn es „eigenes Geld" wäre. Unterschied 3. Unterschied 4: Kommt der Finanzminister zu seiner Zentralbank, muß er keine „Bonitätsprüfung" über sich ergehen lassen, so wie das jedem privaten Häuslebauer geschieht." Norbert bemerkte dazu: „Das ist auch gut so, sonst würde er eh keinen müden Cent mehr bekommen, so überschuldet, wie der ist." „Aber muß der Staat dann nicht den Bankrott erklären? Das gab's doch schon, Staatsbankrott?" Benny erwartete die Antwort gespannt. „Das ist letztlich der Unterschied Nummer 5: Da der Staat, zumindest theoretisch," Herr Heine schmunzelte ein wenig, „nicht altert und dann stirbt, kann er immer davon ausgehen, das „irgend jemand" schon für die Ausgaben bezahlen wird. Wenn nicht die heutigen Eltern, dann eben ihre Kinder oder Enkel. Somit hat er quasi „ewige Bonität."" Wieder gab es mehrere Wortmeldungen, aber Herr Heine drängte weiter: „Bitte laßt uns dies an anderer Stelle erörtern. Wir driften zu weit von der Inflations-Problematik ab. Bis hierher war nur wichtig, daß und warum der Staat der größte Profiteur einer inflationären Entwicklung ist und deshalb im gleichen Maß Vorteile hat, wie sein Bürger enteignet wird."

Die Pausenklingel setzte wie eine Fanfaren-Unterstützung einen Schlußpunkt unter diese Feststellung. Herr Heine stoppte alle Versuche, schnell in die Pause zu entrinnen, indem er sich mit erhobenen Händen vor der Klassenzimmertür aufbaute: „Halt, halt die Herrschaften! In der nächsten Stunde dürfen Sie sich auf unseren Dichterfürsten, Herrn Dr. Goethe, freuen. Ich glaube wir haben jetzt eine ganz schöne Sammlung von Aspekten, die mit der Inflation zusammenhängen, gesammelt. Natürlich längst noch nicht alles und durchaus auch nicht volkswirtschaftlich optimal aufbereitet. Die Frage aber, ob sich in Zeiten steigender Inflation eine Geldwert-Sparanlage zum Niedrigzins lohnt, die solltet ihr jetzt eigentlich schon mit Leben erfüllen und ordentlich darstellen können. Denkt bitte daran: Vorteile, Nachteile, Auswirkungen, das sollte mindestens enthalten sein."

Uff, die Stunde war geschafft und morgen konnte er endlich mit dem Faust beginnen, den er sich als Höhepunkt für den Abi-Schlußspurt aufgehoben hatte. Herr Heine war mit sich zufrieden. Ob es die Schüler auch waren, würde sich, wie so oft im Leben, wohl erst in der Zukunft erweisen.

Kapitel 16

Biologie bei Frau Haller mit frauenspezifischen Versorgungsfragen

Heute war Bio angesagt. Für dieses Fach zeichnete am Erich Kästner-Gymnasium Frau Haller verantwortlich. Sie war eine der modernen Frauen mittleren Alters, die man einfach nicht richtig einstufen konnte. War sie noch jung – oder war sie schon „alt"? Sie selbst pflegte dieses Geheimnis mit einem gewissen Vergnügen. Selbst Kollegen, mit denen sie eigentlich durchaus freundschaftlich verbunden war, wußten nicht ganz genau Bescheid. Sie wußten lediglich, daß Frau Haller eine „verunglückte" Ehe mit einem Bankfachmann hinter sich hatte, weil sie ihren Ex-Gatten ab und zu – und nicht einmal abfällig - erwähnte. „Ich habe eine ganze Menge von ihm gelernt, was selbständiges Wirtschaften für Frauen bedeutet, und dafür bin ich ihm auch heute noch dankbar." Daß sich seine Lieblingshaarfarbe von brünett zu licht-blond wandelte und er plötzlich eine seiner Kundinnen für attraktiver als die eigene Frau hielt, betraf ja nur einen Teil seiner geistigen Leistungen. Das war eher ein charakterliches Defizit. Rein finanzfachlich war er ein Könner, davon war sie nach wie vor überzeugt. Er hatte sie immer ermuntert, sich finanziell unabhängig zu machen. „Die tatsächliche wirtschaftliche Situation, der heutigen Frauengeneration hinkt noch deutlich hinter dem emanzipatorischen Anspruch zurück, den Frau Alice Schwarzer und ihre Mitstreiterinnen durchsetzen wollen. Frauen beziehen, auch im Jahr 2014, nach wie vor in vergleichbaren Positionen fast immer ein geringeres Gehalt als ihre männlichen Kollegen. Sie selbst war, als Beamtin, eine der wenigen positiven Ausnahmen. A15 ist für Männer und Frauen gleich.

Aber das war nicht der Grund, daß sie Lehrerin geworden war. Sie liebte ihr Fach und sie liebte es, mit jungen Menschen umzugehen und ihnen möglichst weit ins Leben zu helfen. Deshalb nahm sie sich auch immer wieder die Freiheit heraus, in ihren Biologie-Stunden beim Thema „Geschlechterverschiedenheit" die aktuelle wirtschaftliche Seite mit zu beleuchten. Sie schilderte dabei recht unverblümt auch ihre persönliche Situation: Wenn ihr euch als Frauen zu sehr von euren Männern abhängig macht, seid ihr am Ende womöglich ganz schön angeschmiert. Ich habe meinen eigenen Beruf, eine faire Bezahlung und meine persönlichen Risiken auch alle selbst abgesichert. Leider sieht die allgemeine Praxis heute fast immer noch so aus, daß der „Haupt-verdiener", meistens der Mann, derjenige ist, auf den alle Versicherungen laufen. Für den Schutz der Frau reicht das „Familienbudget" oft nicht mehr aus, vor allem, wenn sie zugunsten von Kindern einige Zeit mit dem Beruf aussetzt. Aber auch der Abschluß so simpler Basisverträge, wie der, einer privaten Haftpflicht, eines Rechtsschutzes oder bestimmte Haus- und Wohnungs-schutz-versicherungen erweist sich plötzlich und unvermutet als Nachteil, wenn der Vertrag allein auf den Mann als Versicherungsnehmer abgeschlossen wird. Geht die Ehe auseinander, bleibt der Vertrag bei dem, der namentlich in der Police steht. Die bis dahin beitragsfrei mitversicherte Frau und womöglich auch noch die gemeinsamen Kinder, falls vorhanden, stehen dann, nach relativ kurzer Übergangsfrist, plötzlich ohne Schutz da und müssen sich eigene Verträge suchen. Und da frage ich Euch: „Da ist gerade Eure Ehe in die Brüche gegangen und der erste Anruf „in Freiheit" geht an Euren Versicherungsvertreter? Da gerät doch ganz schnell mal was in Vergessenheit. Und gerade dann flutet der Geschirrspüler die Wohnung. Und selbst, wenn man rechtzeitig dran denkt und noch nichts passiert ist", fuhr sie fort, „dann wird einem plötzlich gesagt, daß die Berufsunfähigkeitsversicherung, die einem vor 10 Jahren schon einmal angeboten worden war, jetzt plötzlich 30 Euro teurer im Monat ist, bloß, weil man ein paar Jährchen älter geworden ist. – Und ein paar Jährchen sollten eure Ehen ja wenigstens halten, wenn es schon nicht bis zum Tod ist, der euch scheidet", fügte sie schmunzelnd hinzu. „Achtet darauf, wandte sie sich an den weiblichen Teil der Klasse, daß ihr **Euren eigenen Schutz** bekommt. Der Preis, der dafür zu bezahlen ist, kann ja bis dahin als „Gehalt" für Eure Tätigkeit zum Wohle der Familie definiert werden. Es ist doch nicht einzusehen, daß ihr zuhause umsonst arbeiten sollt. Das, was ihr für euren Mann (mit)tut, müßte er anderweitig ja auch bezahlen." Da an dieser Stelle meistens ein Kichern durch die Klassen ging, war ihre Reaktion darauf ebenfalls immer gleich: „Ihr sollt doch nicht immer nur an **das** eine denken sondern an **die** eine, nämlich an euch selbst." Damit war dann in der Regel die Ruhe wieder hergestellt.

„Aber wie sollen wir unseren Männern denn schon in den ersten Tagen einer Ehe klar machen, daß wir für die künftige Trennung vorsorgen wollen?" Angela dachte da durchaus realistisch. „Da beginnt doch gleich der erste Zoff. Man hätte kein Vertrauen usw." Frau Haller lächelte verschwörerisch in die Runde: „Dazu seid ihr doch Frauen. Solange die Beziehung noch stimmt, kann man über alles reden. Eigentlich nur dann. Man muß eben die richtigen Worte finden. Wenn schon Trennung in der Luft liegt, ist es zu spät. Dann könnt ihr nur noch darauf hoffen, daß er eine ganz Hübsche, ganz Junge gefunden hat und gewaltig vom „schlechten Gewissen" geplagt wird. Dieses Gewissen wird um so schlechter sein, je mehr Kinder im Spiel sind. Aber ich kann euch nicht gut raten, schnell viele Kinder in die Welt zu setzen, nur damit sich beim verlassenden Ehemann ein möglichst schlechtes Gewissen rührt. Womöglich bleibt er Euch ja samt der Kinderschar erhalten? Und das bedeutet dann viel Hausarbeit. Da können 1000 Emanzen durch die Straßen ziehen und die Beteiligung der Ehemänner an der Hausarbeit fordern. Selbst bei den gutwilligsten Paaren, ich kenne genügend davon, in meiner Generation..." „Ach, wie alt sind Sie denn?" versuchte der schöne Anton plump und direkt Frau Hallers Geheimnis ziemlich uncharmant zu lüften, aber sie fiel nicht darauf herein: „Ich bin - - so alt, wie ich mich fühle. Den Rest überlasse ich Eurer Phantasie." Sie schmunzelte. Sie versuchten es doch immer wieder.

„Jede und jeder von Euch kennt solche Familien zur Genüge. Man erzählt stolz, wie man sich Hausarbeit und Kinderbetreuung aufteilt, aber letztlich bleiben es nur ganz ganz wenige, die das länger als ein Jahr durchhalten. Dann macht der Chef Streß ... und man hat ja auch den besser bezahlten Beruf ... und vielleicht kann ja eine Putzfrau helfen ... und überhaupt, zu wem kommt das Kleine denn gelaufen, wenn es hingefallen ist: zur Mutter. Sie schließt es meistens tröstend in die Arme. Vom Vater hört es dagegen oft: „Nicht so schlimm. Das vergeht wieder. Ein Indianer kennt keinen Schmerz."

Das, meine Damen und meine Herren, sie schaute provozierend in die Runde, „das ist die gelebte Praxis. Ich bin der festen Überzeugung, daß sich das so schnell nicht ändern wird. Als Biologielehrerin darf ich das ja sagen, im Gegensatz zu Journalistinnen, wie Eva Herrmann, aber es liegt eben zumindest zu einem Teil doch in den Genen." „Wer ist Eva Herrmann?" wunderte sich der dicke Berti. „Ach irgend so ne „Retro-Tante", die hat ein Buch geschrieben, daß Frauen an den Herd gehören." Jessica war da ja ganz anderer Meinung. Frau Haller griff jedoch sofort ein sagte: „Stop! Heute ist keine Deutsch-Stunde. Das Thema kann man dort viel besser erörtern." „Da erörtern wir jetzt ganz andere Sachen, ob man Geld anlegen soll oder nicht." Das kam so trocken von Tatjana, daß alle kurz verblüfft zu ihr hinüberschauten. „Na, das bietet mir doch die Gelegenheit, einen schönen Schlußtip für heute zu geben: Wenn Ihr euren eigenen Verstand – und der sitzt hier vorne", sagte sie und klatschte mit der

Handfläche ihrer rechten Hand mehrfach gut hörbar an ihre Stirn, „einschaltet, dann wird er euch sagen – und zwar völlig unabhängig davon, ob ihr einmal goldene Hochzeit feiert oder nach 15 Jahren Alleinerziehende seid, wenn ihr bis zum „Tag X" etwas angespart habt, dann ist dieses etwas selbst nach einem Streit immer noch mehr, als wenn ihr gar nichts hättet." „Und wenn die Inflation bis dahin schon ein Viertel aufgefressen hat?" „Dann sind drei Viertel vom Rest immer noch mehr als Nichts."

Sie versuchte jetzt so eindringlich wie möglich zu klingen: „Unter den Studenten hieß es zwar immer, „wer arbeitet, macht Fehler, wer nichts tut macht keine." Aber laßt Euch das von einer alten Frau sagen", und wieder grinste sie über das ganze Gesicht, „wer für seine eigene Vorsorge **nichts** tut, macht den größten Fehler seines Lebens. Es ist nicht meine Aufgabe, Euch zu raten, **was** ihr tun sollt, als verantwortungsbewußte Lehrerin kann ich euch nur sagen, **daß** ihr etwas tun müßt. Holt Euch dazu Rat, von Menschen denen Ihr vertraut. Die es gut mit euch meinen. Nicht jeder Fußballkumpel ist Vorsorgespezialist, aber vielleicht kennt er ja einen guten, der ihm auch schon geholfen hat."

„Aber genau da ist doch das Problem", wandte jetzt Tobbi ein: „Vielleicht wurde der Kumpel ja reingelegt, und hat es noch gar nicht bemerkt. So empfiehlt er dann einen „Reinleger" munter weiter." „Deshalb kann es nicht schaden, wenn du dir den Empfohlenen zuerst selbst einmal genau anschaust. Wie lange übt er seinen Beruf schon aus. Woher bezieht er seine Fachkenntnis? Da kann man heutzutage aus dem Internet schon ein paar schlaue „Testfragen" ziehen. Aber du hast mit einer Empfehlung schon mal einen Ansatzpunkt. Andere müssen erst suchen, bis sie jemanden testen können und haben dann oft keine Lust mehr, weil sie schon das Ergebnis ihrer Suche als Testergebnis nehmen, was aber in aller Regel nicht genügt." „Da haben Sie allerdings recht", stimmte Tobbi zu. „Aber wenn ich erzähle, wer mir gut geholfen hat, kann das für den Suchenden schon eine wichtige Hilfe sein. Spätere Entscheidungen kann man sowieso niemandem abnehmen. Für Versorgungsfragen gibt es keine Patentrezepte." „Hört, hört! Die Außenstelle des Büros Wertheim in Aktion!" Steffen mit zwei "f" war das alles zu trocken. Das hatte doch nichts mehr mit „Geschlechtergleichheit" zu tun. „Aber recht hat er schon - so wie Du auch", wandte Frau Haller sich an Steffen. „Hier ist wirklich die Grenze zum Bio-Unterricht und zur geschlechterspezifischen Versorgung erreicht. Laß uns hier abbrechen und noch einmal zusammenfassen, bevor es klingelt: Frauen haben, ob sie das wahr haben wollen oder nicht, im Vergleich zum Mann erheblich unterschiedliche „Erwerbs-Biographien". Sie haben mehr Unterbrechungen, sie haben längere Zeiten zu denen sie nicht „voll" in einem Beruf tätig sind und deshalb sind ihre Rentenansprüche in aller Regel deutlich niedriger als die, der gleichaltrigen Männer. Und das müßt ihr mit Euren künftigen Partnern in aller Ruhe und Offenheit besprechen und ein faires „Zuhause-Gehalt" festlegen. „Hausfrauengehalt" klingt ja für manche so retro, daß sie lieber darauf verzichten. Seid hier ruhig einmal egoistisch. Wenn ihr das Geld „für die Familie" einspart, kommt es in erster Linie allen Familienmitgliedern **sofort** zugute. Es kann ja für irgend etwas ausgegeben werden. Einen schönen Urlaub, ein größeres Auto und vieles andere mehr. Wenn Ihr es „weg" spart, kommt es **später** in jedem Falle auch allen zugute. Hat die Mutter/Oma ihr eigenes Geld, muß man sie schon nicht unterstützen. Und – „Sponsoring bei Oma" ist auch nur möglich, wenn Oma genügend besitzt. Und sogar bei einer Scheidung, man kann davor einfach nicht die Augen verschließen, stellt ihr Euch deutlich besser, als wenn ihr auf reinen „Versorgungsausgleich" angewiesen wärt, bei dem es genug Möglichkeiten gibt, zu tricksen und zu täuschen. Also, Mädels, denkt daran, sobald ihr regelmäßig eigenes Geld verdient: Ab in die Schatulle!" In diesem Augenblick rief die Schulglocke die vereinte Frauen-Power in die Gegenwart zurück. Statt um Altersvorsorge ging es jetzt erst einmal um Augenblicks-Versorgung. Gute Arbeit macht hungrig.

Kapitel 17

Frau Wertheim ist versorgt

Als Tobias an diesem Abend nach Hause kam, war er immer noch dabei, das Gehörte zu verarbeiten. Zuerst war Mamutsch dran: „Mamutsch, hast Du ein eigenes Hausfrauengehalt?" „Was meinst Du damit?" „Na, zahlt dir Papa ein Gehalt für Deine Hausarbeit?" „Papa zahlt mir ein Gehalt für meine Büroarbeit." „Schon. Das ist das eine. Aber für eine auskömmliche Rente reicht das doch niemals. Du hast eine ziemlich „gebrochene Erwerbs-Biographie", brachte er seinen frisch erlernten Fachausdruck schon gleich mal an. „Drei Kinder groß gezogen, 18 Jahre nur Halbtagsarbeit, das sind nur 9 Jahre Vollarbeit." Sarah war zwischenzeitlich ins Zimmer gekommen. Sie hatte die letzten Worte teilweise aufgefangen. „Warum hat Mutter eine „zerbrochene Biographie"?" Eine „ge-brochene" nennt man das, wenn nicht alle Jahre eines Arbeitslebens mit Voll-Arbeitszeiten belegt sind. Sie bekommt dann deutlich weniger Rente." „Das ist doch nicht so schlimm, konterte Sarah, „sie hat doch uns." „Siehst du das ist typisch. Wenn sie sich auf dich verlassen müßte, da wäre sie aber ganz schön verlassen. Was ist denn bei einer Scheidung?" In dem Moment, wie sollte es anders sein, kam natürlich auch Pille ins Zimmer gestürmt. Sie blieb wie angewurzelt stehen: „Wer läßt sich scheiden? Ihr seid doch gar nicht verheiratet." „Mamutsch schon." „Mama! Läßt du dich scheiden?" Frau Wertheim nahm ihre Jüngste ganz schnell ganz fest in die Arme, zog sie hoch an ihre Brust und tröstete: „Unsinn. Niemand läßt sich scheiden." „Ich hab's doch gehört." „Nein, nein. Da hast Du etwas falsch verstanden. Dein Bruder hat nur erzählt, daß Frauen, die sich scheiden lassen, oft nicht mehr genügend Geld zum Leben haben." „Nein", warf Tobias ein, „so stimmt das ja nicht. Manchmal…" Die Mutter unterbrach ihn: "Ich weiß schon, was du meintest, aber das versteht Pille doch noch nicht." „Doch", protestierte Pille lautstark. „Ich habe heute meine Ohren gewaschen und ich verstehe alles." Die Großen grinsten und Mama beruhigte Pille: „Klar, Du hörst alles, das glaube ich dir." Damit war der Friede wieder hergestellt, Pille trollte sich in ihr Zimmer zurück.

„Alles klar, auf der Andrea Doria?" Mamutsch sah auf die noch zögernden Großen. „Um euch zu beruhigen, Papa hat für meine Versorgung richtig gut gesorgt. Ich bin sehr zufrieden. Ich lebe mit einer tollen Familie in einem schönen Haus und habe genug Beschäftigungs-Möglichkeiten, die mir alle sehr viel Freude bereiten. Und wenn Papas berühmtes CAKUBEPT auch nur in Teilen eintritt, dann ist prima für mich und euch alle vorgesorgt. Dein Vater und ich hielten das für wichtiger, als einen Zweit- und Dritt-Fernseher, als ein noch größeres Auto oder noch mehr Urlaub - wo wir hier so schön wohnen", fügte sie noch hinzu. Tobias war zufrieden. Frau Haller war wirklich clever. Aber nicht cleverer als sein Vater. Das war sehr beruhigend zu wissen.

Kapitel 18

Kredit und Finanzierung

„So, und jetzt raus aus der Küche. Ich möchte noch ein paar Schnittchen vorbereiten. Nachher kommt Onkel Carsten, und da wollen wir doch nicht gemeinsam verhungern.

Carsten Neuber. Der Finanzierungsspezialist. Sein Patenonkel. Noch vor kurzem hatte Tobias mit seinem Vater über Finanzierungen diskutiert. „Das ist doch clever", hatte er damals gesagt. „Du nutzt das Haus, das du gerne möchtest gleich und zahlst es dann eben nach und nach ab." „Mmmh", machte sein Vater und schaute kritisch. „Und was machst Du, wenn Du „CAKU-BEPTest"? Dieser ulkige Begriff, der die gesamten existenzgefährdenden Personen-Risiken so griffig zusammenfaßte, war im Wortschatz der Familie Wertheim durchaus gebräuchlich und tauchte in vielerlei Weise immer mal wieder, wenn es nötig war, auf. „Dann springen doch die Versicherungen ein", überlegte Tobbi laut. „Und hast du in der Tat soviel Geld zur freien Verfügung, daß du Zinsen, Tilgung und Versicherung bezahlen kannst? Dann Glückwunsch, dann bist du auf dem richtigen Weg. Solltest du allerdings die Versicherungsprämien einsparen müssen, weil du sonst nichts mehr zum Beißen hast, dann liegst du voll daneben. Die Reihenfolge heißt ganz klar: Leben, wohnen, sichern. Alle drei gehören untrennbar zusammen." An dieser Stelle grinste Tobbi. Müßte das nicht „Leben **be**wohnen, sichern" heißen?" „Wieso", stutzte sein Vater. „Na **LBS**, so heißt doch die große Bausparkasse." „Ha, Ha", machte sein Vater, „an deinen Sprüchen gemessen wirst du zumindest ein guter Verkäufer. Als Berater solltest du aber immer das gelebte Leben im Blick behalten. Wenn mehr als die Hälfte des verfügbaren Einkommens in Stein und Mörtel investiert werden, ist einfach nicht genug übrig, um zu leben."

Tobbi gab sich aber noch nicht geschlagen. „O.k., bei den Beträgen, die eine **Hausfinanzierung** verschlingt, hast du wahrscheinlich Recht. Aber wie sieht's bei kleineren Dingen aus, wie zum Beispiel bei einem Handy. Soviel hat man doch immer übrig." Sein Vater zog die Brauen hoch. „Wirklich? Waren da nicht gerade die 70 € für eine Haftpflicht zuviel? Aber selbst wenn", fügte er hinzu, „wird der vorzeitig erfüllte Wunsch durch die Zinsen deutlich teurer. Ist es das wirklich wert? Und häufig „überholt" sich so ein Wunsch auch noch selbst." „Was meinst du damit?" „Na, hast du nicht auch schon mal einen Wunsch gehabt, der sich beim näheren Hinsehen als unnötig herausgestellt hat?" Während Tobias noch über dieses Argument nachdachte, fuhr sein Vater fort: „Laß uns doch mal die Kostenbelastungen überdenken, die anfallen, wenn man glaubt, gar nicht mehr warten zu können. Welche Kreditform soll's denn sein? Der Handy-Vertrag mit der zweijährigen Nutzungsverpflichtung? Der Kleinkredit der Hausbank oder die Überziehung des Girokontos?" „Du hast die „Null-Finanzierung" einiger spezieller Handelshäuser übersehen. Da kommen doch keine zusätzlichen Kosten." Tobbi glaubte, jetzt die Lösung gefunden zu haben. „In der Tat, die zusätzlichen Kosten entstehen hier „nur in den kleinen Portionen" für den neuerworbenen Gegenstand. Aber auch hier lauern Fallen." Fragend sah Tobbi seinen Vater an. „Nun, erstens bekommst Du solche Kredite nur als Erwachsener mit festem Einkommen", „Was ja auch sinnvoll ist", warf Tobbi ein. „Und zweitens verschlechtert jeder dieser Minikredite, es sind ja meist nur wenige hundert Euro, die den Leuten vorschnell aus den Taschen gezogen werden, die Bonität dieses Kunden. Die Verträge werden vom Kreditgeber der Schufa gemeldet und wer dann tatsächlich einmal unbedingt einen richtigen Kredit benötigt, muß dafür unter Umständen mehr bezahlen, oder, im schlimmsten Fall, bekommt er gar keinen." „Wie soll das denn gehen und **wer ist die Schufa?**" „So nennt man die „Schutzgemeinschaft für allgemeine Kreditsicherung". Eine Wirtschaftsauskuntei, bei der hauptsächlich Banken, aber auch Anbieter höherwertigerer Waren und Dienstleistungen, gegen eine Gebühr, vorab eine Einschätzung erhalten, inwieweit der künftige Kunde wahrscheinlich bereit und in der Lage ist, seine angestrebte Verpflichtung zu erfüllen. Du kannst Dir vorstellen, daß im Zeitalter der Hochleistungscomputer jedes Detail im Zahlungsverhalten problemlos aufgespürt, festgehalten und in Form eines sogenannten „Score-Wertes" mathematisch verschlüsselt werden kann. In diesen Wert geht unter zahllosen anderen Kriterien mit ein, wo du wohnst, wie oft du umgezogen bist, wie pünktlich du deine Rechnungen begleichst oder – wie das früher, in meiner computerlosen Jugend noch als „Geheimtip" verkauft wurde – ob du dich erst drei mal mahnen läßt. Und so eben auch, ob du zu „Spontankäufen" mit Hilfe von „Null-Finanzierungen" neigst. Ich habe es selber ausprobiert: Bereits ein einziger solcher Kauf hat zu einer Verschlechterung meines „Score-Wertes" geführt." „Das ist ja der Hammer", staunte Tobias. „Warum ist das denn nicht viel bekannter?" „Wahrscheinlich, weil es um so wirksamer und aussagekräftiger funktioniert, je weniger davon wissen?" Tobbis Vater sah seinen Sohn ruhig an. „Wenn man das Positive darin sehen will: Es hat schon Manchen vor unseligen Krediten bewahrt, die er auf diese Weise eben nicht bekommen hat." „Trotzdem", beharrte Tobbi, „ ich denke, das sollte bekannt gemacht werden." „Wir tun das ja im Rahmen unserer Tätigkeit", bestätigte sein Vater, „deshalb sind Grundkenntnisse im Kreditwesen ja so überaus wichtig. Man sollte sich immer zweimal und gründlich überlegen, ob und wann man das **An**sparen durch **Ent**sparen ersetzen will. In Fällen schnellen technischen Wandels kann es ja durchaus sinnvoll sein, aber in der Regel ist die antike Variante die Billigere."

„Aber dann sind wir ja wieder beim Handy", gab Tobias immer noch nicht auf. Einen schnelleren technischen Wandel findest du ja kaum." „Also denn, wenn es unbedingt sein muß", gab Herr Wertheim nach, „dann überziehen wir doch einfach einmal das Girokonto für diesen technischen Fortschritt. Wenn du dir im Vorhinein bei deiner Hausbank einen sogenannten **Dispositionskredit** hast einräumen lassen, dann ist das in der Regel die billigste Lösung. Der Zins sieht zwar auf den ersten Blick extrem hoch aus, auch heute noch meist über 10 % (pro Jahr!), aber es fallen keine zusätzlichen Gebühren und Kosten an, und die Zinsen werden immer nur auf den Betrag gerechnet, der noch „unter Null" steht. Das ist auf Dauer in den seltensten Fällen der gesamte Kreditbetrag. Mit jeder Gehaltszahlung geht die Verpflichtung, zumindest vorübergehend deutlich zurück, und die aufdringlichen Minuszeichen beim Kontostand animieren dazu, diesen Zustand so schnell wie möglich zu beenden. Ein positiver psychologischer Effekt.

Erst wenn Du absehen kannst, daß eine Tilgung nicht innerhalb weniger Monate möglich ist, solltest du einen Klein- oder **Anschaffungskredit** ins Auge fassen. Aber bitte nur, wie es der Name schon sagt, für konkrete Anschaffungen. Eine Küche für die neue Wohnung oder Ähnliches. Niemals nie nicht für Konsum! Eine Urlaubsreise auf Kredit beispielsweise, egal in welcher Form, ist der Anfang vom Ende!" „Das kann ich verstehen", meinte Tobias. „Wenn man arbeitslos wird, kann man eine Urlaubsreise ganz sicher nicht mehr „not-verkaufen". Aber wie ist es beim Auto? Das braucht man doch häufig, um ins Geschäft zu kommen?" „Das Auto ist in unserer Gesellschaft, und vor allem beim männlichen Teil, ein ganz besonderer Fall", gab Herr Wertheim zu. „Mindestens genauso gewichtig wie die Nützlichkeit als Fortbewegungsmittel werden eine ganze Reihe eher „psychologischer" Gründe gesehen.

Wahrscheinlich entscheidet bei kaum einem anderen Wirtschaftsgut der „Bauch", das Gefühl, so stark mit.

Das macht sich eine neue Erfindung der letzten Jahre sehr stark zu Nutze: Das sogenannte **„Privatleasing".** Die modernen Autos kosten keine 30- bis 40.000 Euro mehr sondern nur noch 250.-, 300.-, 400.- oder 500.- Euro im Monat. Das lockt manchen Käufer sogar in die Läden der höherpreisigen Marken. Wer hier nicht ganz genau auf jedes Detail des Vertrages achtet, kann dort den Grundstock für seine spätere Karriere als Sozialhilfe-Empfänger legen."

An dieser Stelle war die Mutter ins Zimmer getreten und hatte zum Abendessen gebeten. So schloß Herr Wertheim die Auto-Diskussion mit einem letzten Hinweis: „Auto-Leasing ist eine hervorragende Sache für Geschäftsleute, die auf diese Weise kein Kapital in einem Fuhrpark binden müssen sondern nur für die Zeit der Nutzung bezahlen und dies, darüberhinaus als Betriebsausgabe, steuerlich geltend machen können. Privatleute sollten dringendst die Finger davon lassen und bei Knappheit im Geldbeutel lieber auf den Gebrauchtwagenmarkt zurückgreifen. Bei Autoscout24 kann sich jedes Herz und jeder Bauch einen ersten Überblick verschaffen, um dann bei einem seriösen Händler vor Ort zuzuschlagen."

„Uff", seufzte Tobias auf dem Weg ins Eßzimmer. „Ich bin richtig froh, daß ich mich heute noch nicht um alle diese Einzelheiten kümmern muß." „Ja, so geht es sehr vielen Menschen eigentlich ihr ganzes Leben lang. Aus Angst etwas falsch zu machen, machen sie lieber gar nichts..." „und das ist dann der allergrößte Fehler" ergänzte Tobbi. „Genau", fügte sein Vater hinzu, „deshalb ist unser Beruf auch so wichtig und wertvoll. Wir können möglichst vielen Kunden auf die richtige Spur helfen. Ob sie alle drin bleiben, kann man nicht wissen, aber jeder einzelne Versuch ist es wert." „Du hast recht, Papa. Deshalb freue ich mich schon auf unsere künftige Zusammenarbeit." Tobbis Vater schaute stolz auf seinen Sohn, der ihn gerade, wohl aus Versehen, nicht „Big Boss" sondern Papa genannt hatte und er war sich sicher: seine Frau und er mußten „etwas" richtig gemacht haben...

Kapitel 19

Fritze, Fußball und die Mädchen

„Hei Tobbi! Was ist los? Dich sieht man ja gar nicht mehr!" Fritze Nitzwitz klang recht vorwurfsvoll. „Wo warst Du denn beim letzten Training? Wo wir doch gerade so erfolgreich durchstarten!" Fritze spielte wahrscheinlich auf das letzte Sonntagsspiel gegen die Eintracht an, bei dem das Jugendtrio in der ersten Mannschaft des TSG mitmachen durfte. Sie hatten tatsächlich 2:0 gewonnen und alle drei hatten einen hervorragenden Eindruck hinterlassen. „Kopfball-Ungeheuer" Stefan hatte sogar das erste Tor beigesteuert und Fritze Nitzwitz hatte die Abwehr organisiert wie ein alter Routinier. Dank seiner enormen Kondition hatte er die gegnerischen Stürmer einfach in Grund und Boden gerannt. Immer wenn sie glaubten, endlich einmal an ihm vorbei zu sein und sich auf den nächsten Abwehrmann konzentrierten, dann kam er plötzlich doch wieder angeprescht und meistens war er dann in der Ball-Eroberung erfolgreich. Die örtliche Tageszeitung hatte am Montag auf ihrer Sportseite einen großen Bericht mit Bild von Fritze und der Schlagzeile „Nachwuchstrio Infernale machte es der Eintracht schwer." Dann folgten lobende Beschreibungen des Geschehens vom Sonntag, die in der Vermutung gipfelten, man würde sicher noch viel von den dreien hören und insbesondere Fritz Nitzwitz sei ein Supertalent, das bestimmt noch große Taten erwarten lasse. Fritze platze fast vor Stolz, schnitt den Artikel aus und laminierte ihn heimlich im Büro seines Chefs. Seitdem hängt er über dem Bett im Jugendzimmer der Familie Nitzwitz und machte sogar den Vater ein bißchen stolz.

Und nach so einem fulminanten Karrierestart kam dieser Eierkopf Tobbi nicht zum Training. Das war, aus Fritzens Sicht, nicht zu fassen. Daß das Abitur immer näher rückte und nur noch drei Wochen entfernt war, beschäftigte ihn deutlich weniger als Tobbi, der zwar kein Problem darin sah, zu bestehen. Er wollte aber gut bestehen. Ein „bißchen Ehrgeiz" hatte man ja nun doch.

„Beruhige dich, Alter", entgegnete er Fritz am Telefon. „Heute komme ich ja – falls nichts dazwischenkommt." „Was soll dazwischenkommen?" bellte Fritz. Es geht am Sonntag gegen Fortuna und unser Mittelfeldspieler ist immer noch krank." „Das ist ja schön für Dich," antwortete Tobias. „Der Mittelstürmer ist aber leider wieder top fit. Mich brauchen sie im Moment nicht mehr." „Aber ich brauch dich, damit mich einer im Training wirklich fordert." Fritze wurde langsam ungehalten. „Ja, ich komme ja auch – und dann werde ich dich fordern wie du noch nie in deinem Leben gefordert worden bist. Und wenn dich dann die Talentscouts von Borussia Dortmund immer noch nicht entdeckt haben, spreche ich mal mit meinem Kumpel Rummenigge, bei den Bayern. Die schnappen den Borussen gerne Nachwuchstalente weg, damit sie nicht zu aufmüpfig werden." Er grinste am Telefon, denn am Schnaufen am anderen Ende des Drahtes erkannte er, daß er seinen Freund „Borussia-Fritze" an einer wunden Stelle getroffen hatte. „Na warte," giftete der, „komm du mal auf den Platz. Heute machst du keinen Stich!" „Mann Fritze, lachte Tobbi zurück. „Jetzt habe ich aber richtig Angst vor Dir."

„Vor wem hast Du Angst?" fragte Sarah, die gerade zur Tür hereinkam um sicher zu gehen, ob heute wieder Doppeltraining angesetzt wäre oder ob die drei Mädels heute bessere Aussichten auf einen netten Abend mit der Fußballerclique hätten. Tobbi drehte sich zu seiner Schwester: „Mein liebstes Lesterschwein – äh, ich meine natürlich Schwesterlein, du kennst mich doch. Ich fürchte Tod und Teufel nicht." Er machte eine kleine Pause. „Nur unser karrierebesessener Fußball-Rambo" mußte beruhigt werden." „Fritze?" „Ja natürlich, wer sonst?" Seit er am letzten Sonntag groß in der Presse war träumt er ja schon von der Nationalmannschafft." „Och," bedauerte Sarah, dann trainiert ihr heute schon wieder Doppelportionen?" „Nur der Fritze", antwortete ihr Bruder. Stefan und ich werden wahrscheinlich an diesem Wochenende nicht gebraucht." Das war schon eine bessere Nachricht. Zumindest für Sarah und Jenny. Jessica mußte sich dann halt wärmer anziehen und zwei Trainingseinheiten am Spielfeldrand überstehen...

Kurz zusammengefaßt: Der Abend wurde ein voller Erfolg für alle. Fritze durfte seinen Traum, in der ersten Mannschaft die Abwehr zu organisieren, aktiv weiterträumen und Sarah sah im Arm von Stefan von außen zu. Jenny schmiegte sich ebenfalls so unauffällig wie möglich an Tobias, dem dies nicht wirklich unangenehm war, und Jessica wartete eben, bis der Konditionsbolzen Fritz Nitzwitz seine zweite Trainingseinheit abgeschlossen hatte und sicher sein konnte, daß er auch für den Sonntag gegen die Fortuna aufgestellt war. Damit war der Abend gerettet. Man zog noch zu sechst ins Café Kautz, um dort den künftigen Stern am Fußballhimmel „Fritz Pferdelunge Nitzwitz" mit

Cappuccino, Latte macciato und einigen Sportdrinks zu feiern und auf der Tanzfläche zu beweisen, daß Fußballer bewegungsbegabt sind und auch dort ihren Mann stehen können, wenn sie wollen- und die richtigen Partnerinnen haben. Und an denen fehlte es ja an diesem Abend nicht.

Kapitel 20

Sarah und Stefan Koller

Sarah war es auf der morgendlichen Schulbustour gelungen, Stefan für den Abend zu einem „Einzel-Date" zu überreden. Um ehrlich zu sein, war das keine große Mühe, denn auch Stefan hatte Tobbis kleine Schwester sehr gern. Obwohl Tobbi sie immer mal wieder „SARS" rief, war Stefan der Meinung, daß Sarah keineswegs die äußeren Anzeichen einer gefährlichen Seuche zeigte. Sie war nicht nur hübsch, sie war auch ausgesprochen interessiert an allen möglichen Themen und man konnte mit ihr sogar Abitur-Stoffe diskutieren. So konnte er zwei Fliegen mit einer Klappe schlagen: Er hatte einen angenehmen Abend und verschwendete nicht einmal Zeit im Blick auf's Abi, das in zwei Wochen begann.

Punkt 16 Uhr. Stefan wartete vor dem Café Kautz. Keine Sarah. 16.05 Uhr, noch keine Sarah. 16.08 Uhr, gerade als Stefan überlegte, ob an der „Seuchentheorie" seine Freundes Tobias doch was dran sei, keuchte Sarah um die Ecke. Sie sah bezaubernd aus in ihrer engen Jeans und dem hellblauen Top. Den brünetten Haarschopf lose darüber gegossen und das hübsche Gesicht mit der frechen Stupsnase leicht gerötet vom eiligen Schlußspurt. Trotzdem konnte die „strenge" Frage nicht ausbleiben: „Wo kommst Du denn jetzt her? Ich warte schon seit Stunden." „Na ja, Stunden ist ja wohl leicht übertrieben", keuchte Sarah, aber ich hatte einfach ein Riesenproblem." „Eine „Herausforderung"? korrigierte Stefan sofort. Du gehörst doch zu den Wertheims und die haben keine Probleme sondern höchstens Herausforderungen, oder sehe ich das falsch?" „Sieh's wie du willst, aber meine Herausforderung war eher eine Hineinforderung." Stefan schaute sie fragend an. „Ja", brach es aus ihr heraus, „ich bin zu fett. Ich konnte meine Hose nicht richtig schließen und mußte mich deshalb noch einmal umziehen." „Zu fett, du?" Stefan schüttelte grinsend den Kopf. Probleme hatten diese Teenager heutzutage. „Du bist doch überhaupt nicht fett." Ein Blick auf die wohlgefüllte aber absolut nicht unattraktive Jeans seiner kleinen Freundin bestärkte ihn in dieser Annahme. „Ich möchte kein Gramm an dir missen", schmunzelte er. „Und wenn du aussehen willst, wie die dürren Spaghetti-Stangen im Heidi-Klum-Fernsehen, dann mußt du eben „Telefon-Diät" machen. „Hä?" Sarah sah ihn mit großen braunen Augen an. „Na ja, *immer wenn das Telefon klingelt nimmst du ab ...*" Sarah knuffte den größeren Jungen in die Seite, dann betraten sie gemeinsam das Café, um sich in aller Ruhe über die verschiedensten Themen auszutauschen. Vor allem Stefans Pläne nach dem Abitur interessierten Sarah. „Wirst Du auch Fußball-Profi, wie Fritze?" Stefan lachte auf: „Ganz sicher erst, wenn ich vorher was Anständiges studiert habe. Deine Karriere als Fußball-Groupie mußt du noch ein wenig hinausschieben." „Und was ist „was Anständiges"?" Nun, Jura könnte mich reizen. Und wenn dein Bruder und ich sich nicht zu sehr auseinanderentwickeln, wäre das ja auch sehr reizvoll im Hinblick auf gemeinsame berufliche Aktivitäten. Er bewahrt die Menschen vor falschen Finanzentscheidungen und ich helfe denen - die er hereingelegt hat", ergänzte er grinsend. „Mein Bruder legt niemand rein", verteidigte Sarah in einem ersten Reflex „Ihren" Tobbi. Dann merkte sie, daß sich Stefan königlich auf ihre Kosten amüsierte. „Na warte. Dann werde ich Richterin und verknacke alle Deine Mandanten. Dann kriegst Du keinen Fuß mehr auf den Boden." „Brauche ich ja gar nicht", beschwichtigte Stefan lachend. „Solange ich Dich sehe, schwebe ich sowieso auf Wolke Sieben." Sarahs angebissenes Nuß-Croissant verstopfte seinen Mund und hinderte ihn, noch mehr Hollywood-Komplimente abzusondern. Als sie sich zwei Cappuccinos und zwei Latte macciatos später wieder auf den Heimweg machten, war der Friede längst wieder hergestellt.

Als Sarah sich zuhause vor dem Spiegel aus ihrer aktuellen Jeans herauswand, dachte sie erfreut daran, daß sie, Stefan zuliebe wenigstens nicht auf ihre geliebten Nußcroissants verzichten mußte. Sie würde Ihre Hose einfach eine Nummer größer kaufen, denn schließlich war man ja auch noch im Wachstum, oder ...?

Kapitel 21

Besuch von Paten-Onkel Carsten Neuber,

Beratung für Honorar oder Provision? Und...

ein „Schicksalsschlag" für Tobbi

„Heute abend kommt Carsten Neuber, Mamutsch. Haben wir ein bißchen was zum schnabulieren im Haus?" „Ach", antwortete Frau Wertheim aus der Küche. „Hat unser „Grübler" auch mal wieder Zeit für uns?" „Warum Grübler?" „Na hast du nicht selbst einmal gesagt, Carsten geht zum Grübeln in den Keller, um den Dingen wirklich tief auf den Grund zu kommen?" Herr Wertheim grinste. Ja, so hatte er das schon einmal formuliert. Aber eigentlich war das positiv gemeint. Carsten war sein bester Freund aus Studientagen. Er war, wie er, in die Finanzbranche eingestiegen, hatte sich aber von Anfang an weniger mit Versicherungen befaßt, als mit Geldanlagen. Geldanlagen und ihr Gegenstück, die Finanzierung. Das war das, wo Carsten Neuber die Notwendigkeit sah, seinen Kundenkreis vor Fehlentscheidungen zu bewahren. Die beiden Freunde standen in lockerem Kontakt. Neubers Büro lag etwa 10 Gehminuten entfernt zu Herrn Wertheims Büro. Sie halfen sich in speziellen Fällen sehr gerne gegenseitig aus und ergänzten sich so, auf für beide sehr interessante Weise. Immer mal wieder, wenn ihre Zeit das zuließ, trafen sie sich beim einen oder anderen und tauschten Neuigkeiten vom Markt und vom Leben aus.

Carsten Neuber sah durchaus gut aus, hatte sich aber bisher nicht zu einer festen Bindung durchringen können. Er hatte schon mehrere Lebensabschnitts-Gefährtinnen hinter sich, aber – so formulierte es neulich sein Freund Wertheim, nach jeder wurde er nur noch kritischer und noch anspruchsvoller. Er reiste gern und viel und er liebte spontane Entscheidungen, womit viele heiratswillige Freundinnen erhebliche Probleme hatten. Er lebte privat all das aus, was ihm sein Beruf eigentlich verbot. Spontane Gefühlsentscheidungen sind ja in der Regel nicht sinnvoll, wenn es um Anlagen oder Finanzierungen geht. Da sollte schon mit Bedacht und unter Berücksichtigung mehrerer Al ternativen, gut überlegt, entschieden werden. Und das konnte Carsten bis zur Perfektion – nur nicht in seinem Privatleben. So hatte er sich vor Jahren spontan und mit großer Begeisterung entschieden, die ihm von seinem Freund angetragene Patenschaft für dessen Erstgeborenen, Tobias, zu übernehmen. Und deshalb freute sich auch Tobbi auf den Abend – mit seinem „Patent-Onkel", wie er ihn seit Kindesbeinen an nannte. Ganz bestimmt gab es wieder interessante Neuigkeiten.

„Oh Mann, oh Mann", stöhnte Carsten als Mamutsch auf sein Klingeln hin die Tür öffnete. Zuerst küßte sie ihn leicht auf beide Wangen, bat ihn herein und verbesserte dann aber doch: „Oh Frau, oh Frau heißt das, wenn du schon zum Jammern gekommen bist." Zuerst stutzte Carsten leicht, dann grinste er: „Wie konnte ich das vergessen: die Chef-Emanze von Tübingen! Wie hat Wolfi dich nur gezähmt?" „Er war eben ganz ein Wolf" schmunzelte Frau Wertheim zurück. „Aber come in – find out – wo´s was zu trinken gibt."

Carsten kannte sich aus. Er ging ins Wohnzimmer. In gewohnter Höflichkeit standen Wolf und Tobbi Wertheim fast gleichzeitig auf, als er hereintrat. „Bleibt sitzen", hob Carsten abwehrend die Hände. „Ich kauf euch doch nichts ab, Ihr Versicherungsfuzzis." „Meinst du, wir dir, du Bangster?" „Hallo Onkel Maddof", steuerte Tobbi in Anspielung auf den amerikanischen Milliardenbetrüger noch bei, „was hast Du mir heute mitgebracht?"

Auch dieser Spruch war ein Übrigbleibsel aus der Kindheit Tobbis. Mit entwaffnender Offenheit hatte er seinen Patenonkel in seiner frühesten Kindheit nach entsprechenden Mitbringseln „abgeklopft", wobei sich dieser nie lumpen ließ. So manches aktuelle Spielzeug fand so an den „pädagogisch wachsamen" Eltern vorbei den Weg ins Wertheimsche Kinderzimmer. Tobbis Eltern duldeten das so lange schmunzelnd, bis Onkel Carsten einmal eine Play Station anschleppte. Diese wurde unter lautem Protestgeschrei des damals 8-jährigen Tobbi elterlich beschlagnahmt und gegen ein paar Fußballstiefel mit 3 Streifen eingetauscht. So wurde aus Tobbi damals ein „Frischluftkicker" anstelle eines „elektronischen Stubenplayers", wie seine Mutter diese Episode zu beschreiben pflegte. Tobbi war schnell wieder zufrieden und Onkel Carsten hatte seine erste pädagogische Lektion hinter sich.

Von da an brachte er eigentlich nur noch Sport-Utensilien an, bis ihn Tobbi so um seinen 15. Geburtstag herum zur Seite nahm und ihm in aller Ernsthaftigkeit erklärte, daß er nun auch, wie sein Onkel, ins Börsengeschäft einsteigen wolle und er im künftig lieber möglichst werthaltige Fondsanteile mitbringen solle. Nach der ersten Überraschung richtete Carsten Neuber tatsächlich ein Konto für seinen Patensohn ein, über das dieser aber erst ab 25 verfügen darf. „Warum so ewig lang?" hatte Tobbi damals gefragt. „Ich bin doch schon mit 18 volljährig. Ja und „bettelarm", wenn an der Börse in den nächsten 3 Jahren etwas schief läuft. Merke: Fondsanlagen sollten allerwenigstens 10 Jahre Zeit haben, sich zu entfalten. Und mit 25 hast Du dann auch eher den Durchblick und hörst auf „weiser Männer" Rat, anstelle alles Angesparte zu verballern. Trotz dieser vernünftigen Ansage bekam Carsten Neuber damals einen Rüffel von Tobbis Mutter: „Mein lieber Carsten, bitte weise deinen Patent-Sohn deutlichst darauf hin, daß er nicht nur auf „weiser Männer" sondern auch auf „schwarzer Frauen" Rat zu hören hat." Tobbi hatte damals ein wenig länger gebraucht, um das Wortspiel zu begreifen, aber dann hatte er mit jugendlicher Unbekümmertheit zugestimmt: „Und am allermeisten höre auf „bunter Kinder" Rat.

Carsten ließ sich in einen Sessel fallen. „Mann Wolfi – und Frau Evi", fügte er in Richtung Küche gewandt schnell hinzu, „du ahnst nicht, wie es mir zur Zeit stinkt." „Welche Laus ist dir denn über die Leber gelaufen?" „Das ganze Theater in unserer Branche. Es macht wirklich keinen Spaß mehr – und die Ertragsmöglichkeiten sind auch nicht mehr das, was sie mal waren." „Deine oder die deiner Kunden?" „Beide! Diese ewigen Regulierungen und immer neuen Vorschriften, und gleichzeitig darfst du fast täglich in der Zeitung lesen, daß du eigentlich ein provisions-getriebener Betrüger bist, der seine Kunden wissentlich falsch berät, um möglichst viel Provision abzugreifen. Dann kommen aus allen möglichen Löchern die verbraucher-schützenden Heilsbringer gekrochen und verkünden voller Stolz, sie seien die einzigen seriösen und guten Berater auf der Welt, denn sie nähmen keine Provisionen, sondern stellten den Kunden eine offene Rechnung. Mann, Mann, und das wird auch noch von der Regierung unterstützt und mit immer neuen Gesetzen flankiert. „Honorarberater". Wenn ich dieses Wort nur höre, sehe ich schon rot. Beraten die zu ihren Honoraren? Wie ein Einrichtungsberater zu einer neuen Einrichtung? Daß ein Berater gegen Honorar den gleichen Mist erzählen kann, wie ein anderer gegen Provision, das geht der Presse scheinbar nicht in die Rübe. Gerade vorhin mußte ich wieder einen Artikel verdauen, der jedem, der Provision einnimmt, abspricht, neutral und kundenorientiert zu beraten. Was machen wir beide eigentlich seit mehr als 30 Jahren? Wenn jemand nicht kundenorientiert berät ist er doch nach kürzester Zeit kaufmännisch so was von weg vom Fenster. Haben diese Schreiberlinge den überhaupt keinen Bezug zum gelebten Leben? Zur kaufmännischen Wirklichkeit? Ich könnte in den Sessel beißen, vor Wut."

„Warum willst du denn in unseren Sessel beißen?" fragte die kleine Pille, die mal wieder genau im richtigen Moment herein gekommen war. „Er glaubt, der schmecke besser als unser Tisch", gab ihr Vater ihr ganz ernsthaft zur Antwort. „Das stimmt gar nicht", meinte Pille, „der ist doch viel zu hart. Mama macht so leckere Käsehäppchen. Die schmecken viel besser."

Onkel Carsten gab sein Wehklagen auf und nahm Sybille auf den Schoß: „Ich bin ganz sicher, daß die Käsehäppchen deiner Mutter besser schmecken. Deshalb will ich auch ganz geduldig warten, bis sie fertig sind. Meinst du, sie macht auch Salamihäppchen?" „Das weiß ich nicht", erklärte Sybille und ergänzte eifrig: „aber ich kann ja mal nachsehen." Sprach's und verschwand im Kindergalopp in der Küche.

„Du hast's aber schon ganz gut drauf", grinste Tobbis Vater. „So leicht kriegt man lästige Kleinkinder los." „Warte nur, Papa, da hat er nicht mit Pille gerechnet", feixte Tobbi und schon flog die Wohnzimmertür wieder auf und Pille, in einer Hand ihren Teddy „Struwwel", in der andern eine Scheibe Salamibrot stürzte herein, sprang frei weg auf Carsten Neubers Schoß und steckte im, flupp, das Salamibrot in den Mund. Von dem Ansturm wäre Carsten fast nach hinten weggekippt, wäre der Sessel nicht so schwer gewesen. Aber er überwand seine Überraschung schnell und biß genußvoll ein Stück des Salamibrots ab. „Ist das Samalibrot lecker?" fragte Pille hoffnungsvoll. „Esch ischt dasch beschte Schamalibrot, dasch ich je gegeschen habe", machte Carsten die Kleine mit vollem Mund glücklich. „Und wie wär's, wenn Du Mamutsch noch ein bißchen in der Küche hilfst", verstärkte der Vater den Stolz. „Mach ich", jubelte Pille und verschwand in der Küche. „Jetzt bin ich gespannt, mit welchem Trick Eva die Kleine ins Bett schafft, wenn wir hier so leckere Schalmibrote mampfen" stellte sich ein deutlich „abgeregter" Carsten Neuber wieder einmal eine pädagogisch wichtige Frage.

Und tatsächlich es war ihr gelungen. Zwei Stunden später saß eine friedliche Runde ehemaliger Studienfreunde und deren halbwüchsige Nachkommen um den Wertheimschen Wohnzimmertisch. Man hatte sich über dieses und jenes unterhalten. Auch das Thema Fußball wurde kurz gestreift, aber Onkel

Carsten war von fußballerischer Fachkenntnis nur insoweit beleckt, als ihn die nette blonde Sportgeschäfts-Fachangestellte jedes Jahr ein- zweimal beraten hatte, was gerade in Fußballerkreisen angesagt war, damit seine Geschenke gut ankamen. Er selbst golfte lieber, weil man da nicht so sehr außer Atem käme und auch besser angezogen sei. Das Fußballgespräch war schnell beendet, als er die zur Zeit diskutierte „Torlinientechnik" für einen Fernsehschirm hielt, mit dem der Torwart auf seiner Torlinie das Geschehen in der anderen, so weit entfernten Spielhälfte verfolgen könne und deshalb schneller gewarnt sei, wenn der Gegner wieder anstürmte. Nee, auf dem Niveau wollte Tobbi seinen geliebten Fußball nicht diskutieren.

Und dann kam das Gespräch unweigerlich auf die diversen „Privatleben". Herr Wertheim fragte seinen Freund nach seinem derzeitigen „Liebesleben". Tobbi tat gelangweilt, seine Mutter und Sarah spitzen die Ohren. „Da gibt es nicht viel zu berichten", wiegelte Carsten ab. „Ich lebe wieder einmal ‚à la carte", das bewährt sich einfach am besten. Da redet einem keiner drein. Sonntags kann ich, bei Bedarf ungestört meinen „Pyjama-Tag" machen und muß nicht dauernd „spazieren gehen - das tu ich doch auf dem Golfplatz schon genug", grinste er in weiser Selbsterkenntnis.

„Aber wie steht es mit Euch?" konterte er jetzt. Herr Wertheim sah zu seiner Frau hinüber und fast wie aus einem Mund antworteten sie: „Wir sind verheiratet." „Und das ist alles?" Beide nickten. Tobbi und Sarah hatten ganz umsonst die Ohren gespitzt. „Da fällt mir ein netter Scherz ein, den ich kürzlich in irgendeinem Film gehört habe: Ehepaare haben nach 10 Jahren Ehe nur noch ausgefallenen Sex. – Montags ausgefallen, dienstags ausgefallen, mittwochs ausgefallen ..." Alle lachten. Wertheims lachten auch, sahen sich an, sagten aber nichts.

„Und jetzt zu Euch" wollte Onkel Carsten das Thema gar nicht mehr verlassen. „Was macht bei Euch die junge Liebe?" „Das fällt unter den Datenschutz", wollte sich die leicht rot gewordene Sarah schnell aus der Affäre ziehen. Aber der große Bruder genoß diese erste Verlegenheit seiner sonst so taffen kleinen Schwester. Er bohrte nach: „Wessen Daten müssen da geschützt werden? Deine oder Stefans?" Wenn Blicke hätten töten können, wäre Tobbi jetzt als verkohltes kleines Aschehäufchen unter dem Tisch gelegen. Mutter Wertheim schlug überrascht die Augen auf: „Stefan? Muß ich da noch etwas wissen?" Aber jetzt ging es Tobbi doch zu weit und er entschärfte selbst seinen eigenen

Vorstoß, indem er zu seiner Mutter gewandt versicherte: „No Problem, Mamutsch, Stefan Koller kennst Du doch. Meinen besten Freund. Da besteht keinerlei Vergewaltigungsgefahr. Der mag Sarah auch, obwohl sie so ein..."

Wieder schaute ihn seine Schwester drohend an. „... ausgesprochen **liebes** Mädchen ist und er eigentlich eher die Kratzbürsten und Klatschbasen liebt."

Im Wohnzimmer wurde allgemein gelacht. Aber Tobbi war noch nicht heraus aus der Nummer. „Da will ich doch gleich meine „Klatschbasen-Fähigkeiten" unter Beweis stellen", trumpfte jetzt Sarah auf und wurde damit in Tobbis Augen zur verschärften SARS. Unsere amerikanische Außenstelle hat sich heute Nachmittag wieder einmal gemeldet." „Und das sagst du erst jetzt?" Tobbi fuhr auf. Carsten Neuber verstand im Moment nur Bahnhof. „Hat sie angerufen, oder gemailt oder gesimst?" „Nichts von alledem", genoß seine Schwester diese Verunsicherung. Sie hat eine Postkarte geschickt, aus ihrem Skiurlaub in Oregon." „Ski, mitten im Sommer?" wunderte sich die Mutter. „Klar, in Oregon gibt es Berge mit mehr als 3.000 m Höhe. Da kannst Du das ganze Jahr Ski fahren", brachte ihr Mann sie auf's Laufende. „Und wo ist die Karte jetzt?" war es Tobbi wesentlich wichtiger zu erfahren als über die klimatischen Verhältnisse Amerikas zu diskutieren. „Sie liegt auf deinem Schreibtisch, wo sie hingehört und ist sogar – fast – ungelesen." Auch Sarah war jetzt bemüht, es sich mit dem großen Bruder nicht zu verscherzen. „Ok, dann entschuldigt mich kurz", murmelte Tobbi und hatte das Zimmer bereits verlassen.

Seine Eltern setzen den Patenonkel auf's Laufende und Sarah konnte es sich nicht verkneifen, in Tobbis Abwesenheit noch ein paar spitze Bemerkungen einzustreuen. „Das wird doch nie was, mit dieser Amibraut" meinte sie altklug. „Dabei hat er hier bei uns eine so tolle Verehrerin, die wirklich gut zu ihm passen würde." Jetzt war Mamutsch schon wieder hellhörig geworden. „Verehrerin? Heute gibt es ja eine ganz schöne Menge erotischer Neuigkeiten über den Wertheimschen Nachwuchs." „Nein, nein", milderte Sarah die elterlichen Befürchtungen angesichts ihrer Eröffnungen ab. Das ist alles ganz harmlos. Er will ja gar nicht, der Stoffel. Er denkt ja immer nur an diese Susan und", jetzt wandte sie sich an den gespannt zuhörenden Carsten Neuber, „er will nach dem Abi sogar rüber fliegen um sie wieder zu treffen."

Für Carsten waren dies alles familiäre Neuigkeiten, denn normalerweise unterhielt er sich mit seinem Studienfreund Wertheim eher über geschäftliche oder anderweitig sozialpolitische Fragen. Das Liebesleben seines Patensohns war bisher an ihm vorbei gegangen. „Ja dann mußt du aber aufpassen, daß er dort nicht hängen bleibt“, mein lieber Wolfi.“ „Der bleibt nicht hängen. Der hat viel zu klare Vorstellungen von seiner Zukunft und soweit ich informiert bin, sieht er die eher hier bei uns und in unserer Branche als in Amerika...“ „...dem Land des Kapitalismus in Reinkultur.“ „Das ist auch noch die Frage“, nahm Wolf Wertheim den Ball auf, „aber selbst wenn, Du weißt doch selbst am besten, daß dein Patensohn kein „Vollblut-Kapitalist“ ist sondern eher ein sozial denkender Helfer.“ „Uijujujujui, das sind aber große Worte“, Carsten zog skeptisch die Augenbrauen hoch. „Meinst du, sozial denkende Helfer bekommen in unserer Gesellschaft noch ein Bein auf den Boden?“ „Wenn nicht, dann gute Nacht, armes Deutschland.“ Plötzlich schauten alle wieder ernst drein.

Für Sarah war das eine gute Gelegenheit, sich zu strecken, auffällig zu gähnen und sich mit dem Hinweis auf ihre zarte Jugend in ihr Bett zurückzuziehen, bevor die Altvorderen wieder philosophisch wurden. Die interessanten Kapitel waren abgearbeitet und sie hatte morgen in der Schule viel Neues nach allen Seiten zu berichten.

Die Türe schloß sich hinter ihr und blieb auch zu. Tobbi kam an diesem Abend nicht mehr nach unten. Nicht einmal, um sich von seinem geschätzten Patenonkel zu verabschieden.

Kapitel 22

Große Entfernungen tun junger Liebe nicht gut.

Was war geschehen? Tobbi war schnurstracks in sein Zimmer gelaufen, sah die Karte auf seinem Schreibtisch und begann zu lesen: "Hi, Tobbi" war die Anrede. Nicht mehr „my dearest" wie noch vor etlichen Wochen. „We are skiing in Timberline (Oregon). It´s great fun. Tim and his family own a wonderful condo, right next to phantastic trails…" Und so ging das Loblied auf Timberlin samt Tim und seiner Familie weiter. Am Ende schlossen nicht "hugs and kisses" den Text sondern ein simples "Yours Susan".

Sie war also mit Tim in einem der angesagtesten Skigebiete Amerikas und feierte dort wohl ihren High-School-Abschluß. In einer eigenen Hütte von Toms Familie, direkt am Fuß der Pisten und Loipen. Wer, zum Teufel, war dieser Tim? Ganz sicher dieser Hüne aus ihrem Biologiekurs? Der Kapitän und Quarterback des Football-Teams? Da hatten sich ja die Richtigen gefunden. Da konnte sie ja ihre Fußballkünste gleich mit der richtigen Football-Härte verknüpfen… Tobbi war hin und hergerissen, zwischen grenzenloser Enttäuschung und aufkommendem Ärger über den Rivalen vor Ort. Hatten die Anderen doch Recht gehabt, die ihn immer wieder gewarnt hatten, daß eine junge Liebe über so viele Kilometer Distanz hinweg auf Dauer nicht halten könne. „Die Amis sind da lockerer", mußte er hören, die sehen das nicht so eng mit der „Treue". Er war bis heute abend noch überzeugt gewesen, daß „seine" Susan die berühmte Ausnahme von der Regel sei – aber jetzt war er doch auf dem Boden der Tatsachen angekommen: Kaum war er mal ein „paar Monate" nicht vor Ort, da suchte sie sich einen Anderen. Er schlug die tollsten Angebote aus, ließ sich nicht einmal auf unschuldige Flirts ein und sie fuhr mit „Super-Tim" zum Skifahren.

Er kannte Tim nur vom Sehen, da er, Tobbi, als Assistent-Coach der Mädchen-Fußball-Mannschaft nicht zum standesgemäßen Umgang der Schul-Heroen aus dem Football-Team gehörte, was ihm damals relativ schnurz war. Er hatte damals schon das Gefühl gehabt, daß der fast 2 m große Tim, als Quarterback im wichtigsten Team von Spartan-High ein Auge auf Susan geworfen hatte. Aber da Tim nicht nur Muskeln besaß sondern auch einen außergewöhnlich hellen Verstand, so hatte er damals schnell eingesehen, daß er gegen den hübschen Fußballer aus „Old-Germany", der mit einem so „sü-ßen" Dialekt amerikanisch sprach, im Augenblick nicht ankam. Er hatte cleverer Weise einfach ein bißchen zurückgesteckt und auf seine Chance gewartet, die spätestens dann gekommen sein würde, wenn der exotische Austauschschüler wieder auf dem Rückflug war. Tja, und damit hatte er ja wohl offensichtlich Recht behalten... Weiber!

Tobias warf sich auf sein Bett. Es fiel ihm noch schwer, die Lage objektiv zu sehen. Einerseits war er tief enttäuscht über die vermeintliche „Treulosigkeit", andrerseits hatte er immer noch zahlreiche Bilder der wunderschönen Zeit in und um Spartanburg deutlichst vor Augen. Aber dann ärgerte er sich wieder über seine eigene Naivität, mit der er geglaubt hatte, daß er, entgegen aller Erfahrungen der Älteren, eine solche Beziehung über Jahre hinweg würde konservieren können. Seine eigene „Enthaltsamkeit" war ihm durch die Ablenkungen beim Radfahren und Fußball so schwer nicht gefallen. Und reizvoll war der Plan ja auch schon dadurch geworden, daß eine Herausforderung damit verbunden gewesen war, den Flugpreis für diese Abi-Belohnung selbst zu erwirtschaften. Er blickte auf seine Zigarrenkiste mit der Aufschrift „Spartanburg". Er wog sie in der Hand. Genau konnte er den Inhalt nicht abschätzen, da auch eine Menge Scheine hineingewandert waren. Aber er war überzeugt, für ein Hin- und Rückflug-Ticket hätte es allemal gereicht.

Tobbi erwischte sich selbst bei der Überlegung, daß dieses Geld ja jetzt auch die andere Kiste füllen könnte. Jetzt wunderte er sich doch über sich selbst: War er denn auch schon emotional so weit von Susan entfernt, daß er so schnell, nach nur einer Urlaubs-Postkarte aufgab. Sollte er nicht lieber um sie kämpfen? Zumal er ja auch noch dieses Job-Angebot in den BMW-Werken hatte und dort ein wenig Auslands-Arbeits-Erfahrung tanken wollte. Auslands-Schul-Erfahrung hatte er ja bereits ... zur Genüge. Wieder kippte seine Befindlichkeit vom Nüchternen ins Emotionale. Nie hätte er das von Susan gedacht! Nie? Wie kam er darauf? Wie konnte er erwarten, daß ein so hübscher Teenager wie Susan gerade in der Zeit, in der amerikanische Jugendliche ihre wichtigsten Erfahrungen mit dem anderen Geschlecht machten, in der Zeit der Partys, Dates und Bälle ... warum sollte sie das alles nicht mitmachen? Damit sie von einem Deutschen, weit weg, träumen könnte?

Wieder schwankte seine Stimmung von Einsicht und Verständnis zu Empörung und Wut auf den erfolgreichen Nebenbuhler. Dann wieder sah er ein, seine „Waffen", Telefon und e-mail, waren nichts gegen die Präsenz an der Schule und auf den Sportplätzen. Er konnte im Moment jeden „Kampf" nur verlieren. Und war die amerikanische Arbeits-Erfahrung für ihn dann in seinem weiteren Leben tatsächlich so wichtig, daß sie den hohen finanziellen Aufwand rechtfertigte?

In diesem Wechselbad der Gefühle schlief Tobbi auf seinem Bett liegend, in voller Montur ein. Seine Mutter fand ihn so liegend, als sie die Tür zu seinem Zimmer noch einmal leise öffnete um nach ihm zu sehen. Sie lächelte und zog die Tür wieder zu. Sie stellte sich darauf ein, daß Tobbi in den nächsten Tagen wohl nicht furchtbar gesprächig oder ausgelassen wäre, aber sie wußte auch, daß er eine weitere Lektion „Leben" gelernt hatte. Warum fiel ihr gerade in dem Moment das alte Nietzschewort , das sie in der Studentenzeit immer im Mund geführt hatten, ein: „Was uns nicht umbringt macht uns hart." ?

Kapitel 23

Fritzes Karrieresprung

Die nächsten Tage waren in der Tat nicht sehr einfach für alle. Das schriftliche Abi näherte sich mit Riesenschritten. Toby blieb einsilbig, Jenny kam auch nicht richtig an ihn heran, wurde allerdings von Sarah rechtzeitig über die „besondere Lage" informiert. So konnte sie ganz entspannt abwarten, bis ihre Stunde kommen würde – und die würde kommen, dessen war sie sich sicher.

Fritze Nitzwitz war der einzige unserer Freunde, für den diese Tage ausschließlich positiv waren: Die Vereinsleitung war an ihn herangetreten und hatte um ein Gespräch mit ihm und seinem Vater gebeten. Im Verlauf dieses Gesprächs hatte man seinem Vater erklärt, daß Fritze eines der größten Talente sei, das die TSV in den letzten Jahren hervorgebracht habe. Fritze platzte fast vor Stolz und sein Vater konnte gar nicht anders, als ebenfalls stolz auf seinen kickenden Filius zu blicken. „Und was heißt das im Klartext?" fragte er trotzdem kritisch. „Nun ja", antwortete ihm der Sportvorstand, „er ist eben noch nicht 18, obwohl er wie ein Alter spielt. Wir wollten Sie um Ihre Zustimmung bitten, daß wir ihn mit einer Sondergenehmigung weiterhin in der ersten Mannschaft einsetzen dürfen." WoW. Das war der Hammer. Fritze, der kickende Dachdecker! Dieser Beruf eröffnete offensichtlich sehr weitreichende Chancen, wie sich Fritzes Vater an den „singenden Dachdeckermeister" Ernst Neger erinnerte. Der war zwar lange vor Fritzes Geburt unterwegs, aber seine Stimmungshymne „Humba humba täterä" waren genau wie das Trostliedchen „Heile heile Gänssche" noch immer viel genutztes Liedgut, auch heute noch. „Und? Was sagst du?" Fritz schreckte seinen Vater aus dessen Jugenderinnerungen auf. „Was? – Ach so, ja ..." „JA!?" jubelte Fritz. ..."ja wenn das so ist, ergänzte sein Vater den angefangenen Satz, dann kann ich ja der Karriere des künftigen „Bundes-Liberos" nicht im Wege stehen – oder habe ich eine Wahl?" „Nein!" beeilten sich Fritz und sein Vorstand schnell, wie aus einem Munde, zu bestätigen. „Ich freue mich für Fritz, und den Verein fuhr Letzterer fort. Wir werden gut Acht geben, daß er sich auf die richtige Weise entwickelt und wir werden dafür sorgen, daß auch sein berufliches Fortkommen nicht zu sehr behindert wird. Das war zwar Musik in Vater Nitzwitzens Ohren, bei Fritze dämpfte es allerdings ganz kurz die hochgeflogenen Träume. Was heißt das denn?" „Nun, Fritz, du weißt doch, der TSV ist kein Profi-Verein. Wir können Dir kein „Gehalt" zahlen, von dem du leben könntest. Dafür kannst Du sehr viel bei uns lernen." Poff – Der „Jungprofi" war wieder auf dem Boden der Tatsachen gelandet. Aber immerhin: Er gehörte bald zur ersten Mannschaft des fast schon sicher feststehenden Meisters der Hessenliga, der nächstes Jahr aller Voraussicht nach in der Regionalliga Südwest spielen würde. Und dort spielte man schon nicht mehr für einen warmen Händedruck und eine Mütze voll Ehre. Er würde es schaffen. Er war wieder voller Zuversicht.

Kapitel 24

Berufsfindung

Das schriftliche Abi war seit zwei Tagen Vergangenheit. Herr Heine hatte seine 15 Deutschklausuren sorgfältig eingepackt und zuhause auf dem Schreibtisch deponiert. Jetzt war er doch gespannt, für welche Themen sich seine Schützlinge dieses Jahr entschieden hatten. Ein Heft nach dem anderen schlug er auf: Es waren tatsächlich 4 Schüler, die die „Erörterung" gewählt hatten. Natürlich war das Thema nicht das Inflationsthema gewesen, aber es zeigte ihm, daß die Zeit, die er dafür investiert hatte, nicht umsonst gewesen war. Ein Viertel der Klasse zeigte sich, zumindest jetzt, daran interessiert und in der Lage, sich strukturiert mit bestimmten Themen zu befassen. Das freute ihn, denn das verstand er unter „fürs Leben lernen."

Auch Mathe-Mattes war durchaus mit den Resultaten seiner Schützlinge zufrieden. Obwohl sie zwar nicht mehr die „Reform" zu Textaufgaben, Dreisatz- und Prozentrechnung hatten verwirklichen können - er grinste – soweit er bei erster Durchsicht schon erkennen konnte: Wegen Mathe würde, wieder einmal, niemand durchfallen.

Die spürbare Hochspannung, die in den letzten Tagen in den Klassen und auf den Fluren des Erich-Kästner-Gymnasiums geherrscht hatte, wich einer erleichterten Entspannung. Jetzt mußten die anderen Lehrkräfte, die die sogenannten „Nebenfächer" und die mündlichen Prüfungsfächer verantworteten, versuchen, die Abiturienten daran zu hindern, sich, vor lauter Erleichterung, in vorgezogenen Partys zu verlieren und so von den mündlichen Prüfungen „total überrascht" zu werden.

Spätestens jetzt war für die meisten angehenden Abiturienten die Zeit der beruflichen Vorentscheidungen gekommen. Außer Tobias, Stefan, Fabian, Jessica, Jenny und Angie konnten die anderen, bei einer improvisierten Kurzumfrage in einer von Reli-Bauers „ethischen Erholungsstunden" noch keinen klaren Berufswunsch äußern.

Reli-Bauer sah diese Entwicklung in den letzten Jahren innerlich kopfschüttelnd. Warum waren die jungen Leute bei so viel Gelegenheit zur Information immer weniger in der Lage, sich auf ein Ziel festzulegen? Zu seiner Zeit hieß es noch: „Mach das Abitur und die Welt steht dir offen." Schon während des gesamten Abi-Jahres war man unterwegs gewesen, hatte in Frage kommende Unis an-**geschrieben** Und dann gespannt gewartet, was diese an Informationsmaterial zu den verschiedensten Studiengängen zuschickten. Der Begriff „Numerus Clausus" war zu dieser Zeit, Ende der Sechziger, noch nicht einmal erfunden. Auch mit einem „Dreier-Abiturschnitt" fand jeder seinen Studienplatz. Dann kamen die geburtenstarken Jahrgänge der „Vor-Pille-Zeit" an die Unis. Die Studienplätze wurden knapper, Reglementierungen über die Noten eingeführt. Wer nicht mindestens eine „Zwei", besser eine „Einskomma" als Durchschnittsnote (!) nachweisen konnte, mußte auf einen Studienplatz verzichten oder einen solchen im Ausland suchen. In den letzten Jahren hatte sich diese Situation allerdings deutlich entspannt. Die Konkurrenz der **Fachhochschulen** und **Berufsakademien** nahm den **Universitäten** die „Einmaligkeit". Auch dort konnte man jetzt „studieren". Während früher den Fachhochschulen noch ein wenig der Ruf eines „Schmalspurstudiums" angehaftet hatte, wurden sie im Lauf der Jahre, auch mit der Gründung diverser Berufsakademien, immer stärker aufgewertet. Man erkannte den Vorteil des Praxisbezugs während einer Ausbildung. Die Arbeitgeber griffen gerne auf Bewerber zurück, die sich nicht nur in „grauer Theorie" auskannten.

Das Modell der Berufsakademien schließlich, die heute, im Zug einer weiteren Aufwertung **„Duale Hochschulen"** genannt werden, schuf die Möglichkeit, im Rahmen der Anstellung mit Arbeitsvertrag bei einem der „Ausbildungspartner" solcher Dualen Hochschulen, sich das eigene Studium sogar selbst zu verdienen. Man war damit einen gewaltigen Schritt unabhängiger vom „Geldbeutel" der Eltern. Gerade für die wenigen Familien, die sich unter den heutigen Kosten noch mehrere Kinder leisteten, wurde dies zu einer Chance für die Jugendlichen und eine erhebliche Entlastung des elterlichen Budgets.

Und nicht zuletzt, fuhr Reli-Bauer in seinen Gedanken fort, war es auch überhaupt kein Makel mehr, mit Abitur gar nicht zu studieren, sondern einen „ehrenwerten" Lehrberuf aufzunehmen, der es einem ebenfalls ermöglichte, schneller eigenes Geld zu verdienen – oder – der auch dem handwerklich geschickten Abiturienten erlaubte, seine persönlichen Fähigkeiten nutzbringend einzusetzen. Aber da waren wir wieder beim Ausgangsgedanken: Immer weniger waren die Schüler in der Lage, sich ihrer persönlichen Fähigkeiten bewußt zu werden. Waren es einfach zu viele? Fehlte bei der Masse die Klasse?

Immer mehr Schüler und Schülerinnen wußten zwar relativ genau, was sie **nicht** wollten, aber danach blieb häufig nichts mehr Brauchbares übrig. Spaß oder Fun war ein starkes Leitmotiv bei der Suche. Aber welcher Beruf macht schon ausschließlich Spaß? Nicht einmal der des Clowns...

Nicht wenige der Heranwachsenden standen unter der Fuchtel von heute so genannten „Helikoptereltern", die mit dem Leitmotiv „**Mein** Kind soll es bestens haben" versuchten, jede Schwierigkeit im Leben ihres (häufig) einzigen Kindes von vorne weg aus dem Weg zu räumen. Allerdings erwies sich dieses Fernhalten von jeglichen Problemen offensichtlich als Eigentor im Hinblick auf die Entscheidung, mit welchem Beruf man sein künftiges Leben am liebsten finanzierte. Bei einigen führte das zu der Einstellung: „Ich weiß nicht so recht, jetzt studiere ich halt mal Betriebswirtschaft oder Design oder einen IT-Beruf und dann sehn wir mal weiter. Funktioniert das nicht, probiere ich etwas anderes." Andere können sich nicht einmal dazu durchringen. Sie beschließen, sich ein „Sabbat-Jahr" zu gönnen. Aussteigen. Sich vom „Streß der Schule" erholen. Keine Verpflichtung eingehen. Ab nach Neuseeland oder Australien. – Weiter weg war leider nicht möglich. –

Reli-Bauer seufzte. Es war schade und es war paradox: Ausgerechnet in Zeiten der nahezu unbegrenzten Möglichkeiten, in einem Land, das seit zwei Generationen keinen Krieg mehr erleben mußte und indem es den „Ärmsten" noch deutlich besser ging als in den Ländern mit wirklicher Armut, hatte der Nachwuchs erhebliche Probleme, seinen Weg in die eigene Zukunft zu finden. Daran wollte er arbeiten. Hier war seine Erfahrung und seine Hilfe gefragt. Deshalb führte er die bereits erwähnte Mini-Umfrage durch und deshalb wollte er in dieser Stunde auch Hilfestellungen anbieten. Er öffnete die Tür zum Klassenzimmer der 13 a: „Hallo, Gemeinde!"

Anmerkung des Autors:

Im Verlauf dieser Stunde benützte Herr Bauer, zu seiner Unterstützung, eine „Wegleitung zur Berufsfindung", die ihm sein persönlicher WBV-Berater überlassen hatte und die im Anhang dieses Buches mit abgedruckt ist.

Wer als Leser diesen Buches vor ähnlichen Fragen steht, mag gerne darauf zurückgreifen.

Kapitel 25

Anlegen mit Onkel Carsten

Als Tobbi an diesem Nachmittag nach Hause kam, fand er in seinem e-mail-account eine Nachricht seines Patenonkels Carsten Neuber. Er las: „Ich habe Dir heute mittag um 16.00 Uhr einen Termin in meinem Büro reserviert. Komme bitte pünktlich und bringe Deine beiden „Zigarren-Schatztruhen" mit.. Falls Du nicht kannst, gib kurz telefonisch Bescheid. Gruß Lieblingsonkel C."

Tobbi wunderte sich zwar, was Onkel Carsten mit seinen Zigarrenkisten wollte. Aber er kannte ihn: Carsten Neuber war immer für eine Überraschung gut. Obwohl die „Spartanburg"-Kiste sich eigentlich „erledigt" hatte, stand sie noch unverändert friedlich neben der mit der Aufschrift „Rennrad" in seinem Regal. Er hatte sich bisher noch nicht zu einer offiziellen „Umschichtung" entschließen können.

Eine Minute vor 16 Uhr klingelte Tobbi an der Türe zu Carsten Neubers Büroeingang. Carsten bewohnte eine schicke Eigentumswohnung mitten in der Stadt. Im Erdgeschoß diesen Gebäudes befand sich ein Vier-Raum-Ladenlokal, das für Carstens Zwecke geradezu maßgeschneidert war: Ein repräsentativer Empfangsraum, den in aller Regel, und so auch heute, Sabine besetzte. Sabine war zu aller Verwunderung zwar bildhübsch: Lange schwarze Haare, dunkle Augen, ein voller, aber nicht zu großer Mund, und trotzdem schon seit fast zehn Jahren die rechte Hand des Chefs im Büro Neubert. Jeder wunderte sich, wie sie es so lange dort ausgehalten hatte, ohne zeitweise zur Lebensabschnittsgefährtin ihres Chefs aufgestiegen zu sein. Das ist ja gerade das Geheimnis, verriet Carsten einmal im Gespräch mit seinem Freund Wolf: Strikte Trennung von Arbeit und Privatem. Sabine lockt mir männliche Kundschaft an, Sabine hält mir den Rücken frei von Routinearbeiten, Sabine weiß genau, wie ich ticke, Sabine, Sabine, Sabine... -- „... ist einfach eine flotte Biene." Ergänzte Tobbis Vater damals mit einem relativ primitiven „Reim-Dich-oder-ich-freß-Dich-Reim" aus der Studentenzeit. Heute sagte ja kein Mensch mehr „flotte Biene" zu einem Mädchen – und schon gar nicht zu einer ausgewachsenen 35-jährigen Frau.

Sabine öffnete die Tür und führte Tobias ins Chefzimmer, wo Carsten Neuber hinter einem schweren Mahagoni-Schreibtisch thronte und sich freundlich erhob. Er streckte Tobias lächelnd die Hand entgegen: „Willkommen". Ich sehe, du hast schon eine der wichtigsten Regeln in unserem Beruf intus: Die gute alte Pünktlichkeit. Nimm Platz, möchtest du was trinken? Wasser? Oder eine Bionade?" „Wenn du die mit Holunder hast, sage ich nicht nein." „Sabine, würden Sie bitte unserem jungen Freund eine Holunder-Bionade besorgen?" Er benutzte die englisch/amerikanische Form der Anrede. Er nannte sie beim Vornamen, blieb aber beim Sie. Tobbi fand das ziemlich cool und beschloß, das selbst auch einmal so zu handhaben, wenn er sein eigenes Büro mit Personal leiten würde. Sabine lächelte, antwortete in diesem Fall der Stimmung angepaßt: "Aye aye, Sir" und verschwand Richtung Vorzimmer, um kurz darauf wieder mit einer eisgekühlten Bionade in der gewünschten Geschmacksrichtung zurückzukommen. Tobbi machte große Augen: „Hast du die gesamte Geschmackspalette dieses Getränks im Kühlschrank?" Carsten grinste: „Nee, nur die, die ich selbst am liebsten trinke. Wer die nicht mag, muß mit Wasser vorlieb nehmen." Sie lachten beide und dann eröffnete Carsten sofort das Gespräch: „Hast Du Deine Wunschkisten dabei?" Toby nickte und meinte gleichzeitig: „Was willst Du denn mit denen? Willst Du sie in deinem Tresor einschließen, nach dem Motto: *„Heutzutage kann man niemand trauen?"* „Natürlich", erwiderte Carsten. „Und *ich bin Niemand."* Ganz kurz stutzte Tobias, dann grinste er wieder. Dieser Carsten, wo nahm der nur die Schlagfertigkeit her. Da mußte er selbst noch heftig üben.

„Nein, aber jetzt mal im Ernst." Carsten setzte sein geschäftliches Gesicht auf. Ich wollte einfach ein paar fachliche Dinge mit meinem Patensohn besprechen, bevor der aus dem Haus ist – und sich womöglich nichts mehr sagen läßt." „Von Dir doch immer." „Na das freut mich. Da will ich das Vertrauen auch nicht enttäuschen." Herr Neuber zog die beiden Kisten, die Tobias auf den Tisch gestellt hatte, zu sich heran. Er sah auf die Aufkleber und murmelte halblaut vor sich hin: „Rennrad" gleich Sachwert, „Spartanburg" gleich Konsum. Er blickte über den Schreibtisch hinweg auf Tobbi: „Das ist nahezu perfekt." „Was, die Kisten?" „Nein, die Aufteilung. Ich kann das – mehr denn je in der heutigen Zeit der Mini- bis Nullzinsen, nur jedem empfehlen. Tobias stutzte etwas verunsichert. „Ich dachte Du bist Anlage- und Finanzierungs-Spezialist? Baust Du Deine Ratschläge auf Zigarrenkisten auf?" Carsten lachte: „Scherzkeks. Du weißt doch, daß ich militanter Nichtraucher bin. Wie soll ich an so viele Zigarrenkisten kommen, die ich für meine Kunden bräuchte? Nein, nein, das müssen diese schon selbst organisieren. Aber das System ist perfekt.

Laß mich das ein wenig erklären: Zahlreiche, vor allem junge Leute, haben ein echtes Problem mit dem Sparen. Nicht alle, aber sehr viele verdienen durchaus mehr als sie zum täglichen Leben wirklich brauchen. Das ist auch wichtig, denn „von der Hand in den Mund" werden nur Zahnärzte reich. Für alle anderen geht dabei viel Lebensfreude verloren. Wenn man solchen jungen Leuten dann erklärt, mit dem freien Geld müßt ihr für euer „Alter" vorsorgen, dann können sich die meisten noch nicht einmal vorstellen, wie das „Alter" überhaupt aussieht, geschweige denn, warum sie heute auf Wünsche verzichten sollten, für eine Zeit, die Jahrzehnte entfernt liegt und von der noch nicht einmal sicher ist, ob sie sie überhaupt erleben." „Dann rätst du von Altersvorsorge ab?" fragte Toby. „Unsinn, natürlich nicht", gab Carsten zurück. „Aber ich muß es einsichtig begründen, vernünftig organisieren und nachhaltig motivieren. Oft ist es nämlich auch so, daß junge Menschen, noch vom Elternhaus beeinflußt, die Notwendigkeit einer Altersvorsorge durchaus „einsehen". Je länger und weiter sie dann von zuhause entfernt sind und je weniger es ihr eigener Wunsch ist, eine gewisse Sicherheit gegen Unvorhergesehenes auch im Alter zu haben, desto eher werden sie, spätestens dann, wenn schon „richtig was Zählbares" zusammengekommen ist, an diese Töpfe gehen und sie für andere Zwecke verwenden. Für eine Immobilie, zum Beispiel (das ginge gerade noch) oder für ein größeres Familienauto (das ist schon sehr zweifelhaft) oder gar für eine tolle Reise nach Übersee. Konsum. Das geht gar nicht. Ein absolutes „No-Go" an dieser Stelle, mit diesen Mitteln." „Dann dürfen Deine Kunden also nicht verreisen?" provozierte Tobbi bewußt." „Quatschheimer. Sie sollen sogar! Aber aus einer „anderen Kiste" finanziert!" Wenn schon ein Altersvorsorge-Konto angelegt wird, dann sollte dies klar umrissen geplant und festgelegt bleiben, wobei man auch die künftigen Zahlungen schon gedanklich mitnimmt." „Wie das denn?" Na, beispielsweise, indem man mit sich selbst abspricht, von jeder künftigen Gehaltserhöhung 10 % für diese „Kiste" abzuzweigen." „Aber Selbständige, wie mein Vater, die bekommen keine Gehaltserhöhung." „Die haben es noch besser. Die nehmen die 10 % von ihrer jährlichen Gewinnsteigerung. Bei hohen Gewinnen kann man das gerne auch deckeln. Man sagt dann beispielsweise: Maximal 5.000 € pro Jahr. Und wenn Verluste eingefahren werden, verrechnet man davon 10 % mit künftigen

Gewinnprozenten." „Das ist aber kompliziert." „Das klingt nur kompliziert. Im Prinzip ist es ganz einfach. Man muß nur richtig wollen. Man muß wissen warum und wofür. Ganz konkret. Einfach „nur so" „für´s Alter" sparen was man grade „übrig" hat, das kann nur schief gehen. Es wird nichts übrig bleiben! Der letzte Satz des Obdachlosen war: ? Na?" Tobias zuckte die Schultern. „Was?" „*Ab sofort lege ich alles auf ein Sparbuch, was am Monatsende übrig bleibt.*" Ein uralter, bis heute nicht widerlegter Erfahrungssatz lautet: „*Die Ausgaben passen sich immer den Einnahmen an.*" Das wird dir jeder bestätigen, der regelmäßg Geld bezieht. Wer eine Gehaltserhöhung bekommt und diese nicht sofort, zumindest teilweise, in Sparraten umwandelt, der wird am Ende der besser bezahlten Monate genau so wenig übrig haben wie zuvor."

Tobias leuchtete das durchaus ein, aber er brachte trotzdem noch einen Einwand: „Viele junge Familien verdienen doch heutzutage gar nicht genug, um 10 % zurückzulegen. Ich kenne eine ganze Reihe, gerade bei uns im Verein. Junge Paare mit einem Kind, die eigentlich nur am knapsen und knausern sind." Carsten kam jetzt in Fahrt: „Jetzt frage ich dich auch mal ganz knallhart: Warum? Täte es beim, zugegebenermaßen auf dem Land unerläßlichen Auto, auch eine Nummer kleiner? Wird in der Familie geraucht? Wie oft fährt man wohin in den Urlaub? Müssen es immer die neuesten „Gratis"-Handys mit teuren Verträgen sein? Es lassen sich unendlich viele Einsparmöglichkeiten finden, wenn man das nur will – wenn man ein bestimmtes Ziel vor Augen hat. Einfach „nur so" Sparen ist in aller Regel ein Ding der Unmöglichkeit. Da spart man hier, da spart man da, man fährt kilometerweit für Sonderangebote und Schnäppchen oder zur Billig-Tankstelle" und am Ende des Geldes ist trotzdem noch Monat übrig. Wohlgemerkt, mein lieber Patentsohn", setzte er hinzu, „was ich hier so runtergebetet habe, waren nichts als Beispiele. Niemals gültig für alle und jeden. Der eine hat die Macke, der andere ´ne andere. Wichtig ist, daß man bereit ist, sich ein einziges Mal hinzusetzen, wenn vorhanden, immer mit dem jeweiligen Partner, und die **heutige, aktuelle grobe Linie** vorzugeben.

Bei alledem sollte von Anfang an aber klar sein: Der Mensch ändert sich – solang er strebt. Tobias verbesserte angesichts seines Abi-Kenntnisstandes: „Der Mensch **irrt**, solang er strebt." „Das kommt noch hinzu", pflichtete Carsten Neuber ungerührt bei. Und deshalb müssen diese Planungen unbedingt **flexibel** angelegt sein. Man muß jährlich drüber schauen und gegebenenfalls nachjustieren. Das ist dann aber nicht mehr kompliziert, weil das Grundgerüst ja schon steht. Man muß jetzt nur noch updaten. Vor allem die kurz- und mittelfristigen Stellschrauben sind von größter Wichtigkeit. An der Stelle zieht dann auch **Zufriedenheit und Lebensfreude** ein. „Wenn einer keine Kohle hat?" „Jetzt gehen wir einfach mal davon aus, er hat genug, um trocken zu wohnen. Braucht eine Familie, die nichts zum Sparen übrig hat, wirklich mit zwei Kindern auch zwei Kinderzimmer plus Gäste- und womöglich noch Arbeitszimmer? Muß es eine Wohnung mitten in der Stadt sein? Und dann noch ein Auto dazu, in der kostenpflichtigen Tiefgarage, das häufig nur rumsteht für die Fahrt ins Grüne, am Wochenende, die auch noch ausfällt, wenn es regnet?

Keine Frage: Wer hobbymäßig gern Auto fährt und die Zeit und das Geld dafür hat: sehr gerne. Ich gehöre ja selbst zu dieser Gattung. Weißt du?" er beugte sich ein wenig vor und senkte die Stimme: „Die meisten Leute, die so jammern, geben genug Geld aus, das sie nicht haben, um sich Dinge zu kaufen, die sie nicht brauchen, um Leuten zu imponieren, die sie nicht leiden können."

Aber sprechen wir vom zweiten unerläßlichen Grundbedürfnis, das jeder hat und braucht: Essen und Trinken. Müssen es wirklich immer die teuren Fertiggerichte sein, weil man angeblich keine Zeit hat, selbst vernünftig (und vor allem wesentlich gesünder) zu kochen? Es ist **eine Frage des Wollens und der Organisation**, so etwas in den Griff zu bekommen. Nebenbei könnten Hunderte gespart werden, die man für Faltencremes und Schlankheitsmittel ausgibt. Einfach nur vollwertig essen und in aller Regel sparst du dir teure Monatsbeiträge im Sportstudio. Wir könnten hier gewiß noch stundenlang dutzende von Einsparungsmöglichkeiten aufzählen, die in ihrer Wertigkeit alle hinter der Notwendigkeit stehen, die eigenen Lebensgrundlagen abzusichern und angemessen vorzusorgen." „Oh je" – warf Toby an dieser Stelle ein, „Da sagst du was. Jetzt kommt ja Vaters **Cakubept** ins Spiel. Es geht ja schon bei den notwendigsten Basisabsicherungen los mit diesem Totschlagargument: *Ich würde wirklich gerne, aber ich kann nicht. Mir fehlt das Bare.*" „Das hast du völlig richtig erkannt", pflichtete Carsten bei. **Um so wichtiger ist strategisches Denken im Privathaushalt.** Dein Vater und ich arbeiten seit Jahren daran. Jeder Einzelne, der überzeugt werden kann, führt ein ruhigeres Leben und schläft besser." „Dafür hast du dann die schlaflosen Nächte." grinste Tobbi. Jetzt war sein Onkel zum ersten mal verdutzt. „Wieso?" „Na, neulich abend warst du ja gar nicht gut drauf, ums mal vorsichtig auszudrücken." „Da hast du allerdings Recht", bestätigte Carsten – aber so ist das Leben. Auch der tollste Beruf hat seine Schattenseiten. Das muß man akzeptieren. Wichtig ist, was man trotz allem eigenen Ärger bewegen kann." „Ja, wenn man es so sieht, stimmt das natürlich." Tobias nahm sich vor, möglichst viele der negativen Aspekte seines Berufes zusammenzutragen und sich dann zu überlegen, welche man eben „ertragen" mußte und welche man unter Umständen sogar abstellen könnte.

„Aber im Moment geht es uns beiden ja schon wieder ganz gut, oder?" „Na ja", Tobbi war noch etwas zurückhaltend. Susan war noch nicht ganz aus dem Kopf. Carsten Neuber stand auf und kam um den Schreibtisch herum. Er legte Tobias einen Arm um die Schulter und sagte freundschaftlich: „Kopf hoch, was uns nicht umbringt..." –„macht uns hart. Ja ja, den Spruch kenne ich schon von Mama. Aber das ist nicht ganz so einfach." „Tja", stimmte Carsten zu, „in der Theorie gibt es Unmengen Erkenntnisse, die in der Praxis gar nicht mehr so unmittelbar erfolgreich sind. Das ist wie beim Anlegen: Wenn ich den Leuten empfehle, teilt am Monatsanfang Euer Geld gleich auf, sobald es auf dem Konto ist, dann stimmen dem 10 zu, 8 wollen es tatsächlich tun und 5 vergessen es, verpassen den Einstieg und verzichten dann ganz darauf. Nur die restlichen drei werden tatsächlich happy – und auch von denen fällt im Lauf der Zeit noch einer weg, wenn er eine neue Freundin findet oder etwas Ähnliches." Beim Stichwort „neue Freundin" zuckte Tobbi leicht zusammen, aber dann siegte doch noch einmal die Neugier: „Wie sollten die Aufteilungen den aussehen?"

„Im Prinzip eigentlich ganz einfach: Das Nettogehalt kommt auf's Konto. Miete und alle stehenden Kosten werden „weggebucht". Dazu kann man ein simples Blatt Papier nehmen. Extrem wichtig ist dabei die **Einsicht, daß die Kosten für „Cakubept" zu den stehenden Kosten gehören.** Sie sollten niemals Teil der Suche nach Einsparungsmöglichkeiten sein! Das ist das Allerwichtigste was junge Leute lernen müssen.

Als Nächstes, je nach persönlicher Einstellung 5 bis 10 % wegbuchen für Altersvorsorge, zu der auch die staatlich geförderten Riester und Rürupverträge eingesetzt werden können, was den eigenen Aufwand noch einmal deutlich verringert. Und dann das wichtigste: Man macht sich **einmal** Gedanken, was man sich wünscht, was man anschaffen, ja auch, was man sich Besonderes leisten möchte. Dafür wird jeweils ein fixer monatlicher Betrag festgelegt und kommt bereits bei Gehaltseingang in „die erste Zigarrenkiste" – oder eben auf ein gesondertes Sparbuch bei der Sparkasse oder Volksbank. Mehrere mittelfristige Anschaffungen nebeneinander sind dabei durchaus denkbar. Beispielsweise ein neues Auto und eine Urlaubsreise und eine neue Couch. Auch ein Zielewechsel ist jederzeit möglich!" An der Stelle sah er Tobias freundlich in die Augen. „Übrigens sind vom Girokonto aus direkte Daueraufträge auf solche Sparbücher möglich. Innerhalb des gleichen Instituts in aller Regel schnell und kostenlos.

Aber der absolute „Pfiff" ist das **„Ausgeh-Konto"**! – Kann auch **„Spaß und Fun"** genannt werden. **Dafür eignet sich tatsächlich ein sicheres Behältnis** <u>**zuhause**</u> **am besten.** Es soll ja jederzeit zur Verfügung stehen. Aus dieser „Kiste" – und nur daraus! - werden alle spontanen Unternehmungen „außer der Reihe" finanziert: Kino- und Theaterbesuche, Volksfest, Wellness-Wochenenden, Spielparks mit Kindern usw. usw. Wer das künftig auf diese Weise budgetiert (so heißt das in der Fachsprache), der wird eben nicht mehr spontan hier ein bißchen und unvorhergesehen da ein bißchen ausgeben und sich anschließend am Monatsende verwundert fragen, wo denn all das Geld vom Monatsanfang abgeblieben ist.

Aber jetzt bitte nicht ins „Frömmeln" verfallen und ausgerechnet an dieser Stelle „sparen" wollen. Diese „Kiste" finanziert Euch Eure **Lebensfreude!** Euren Spaß am Dasein. Eure spontanen Ideen, ohne die das Leben extrem fad wäre. Die Kiste **muß** bedient werden – aber eben im Rahmen der persönlichen Möglichkeiten. **Angepaßt ans Einkommen.** Du ahnst gar nicht, mein lieber Patensohn, wie viele Familien es gibt, die sich „spontan einmal ein schönes Essen in einem guten Restaurant leisten", was leicht 10 % eines Durchschnittsgehalts kosten kann. Und am Monatsende überlegt man dann, ob man die Haftpflichtprämie wirklich weiter zahlen soll, wo man die Versicherung doch schon seit zwei drei Jahren nicht gebraucht hat. Und für eine Rechtsschutzversicherung, wie sie angeboten wurde, um bei den immer häufigeren und immer teureren gerichtlichen Streitigkeiten auf der Kostenseite sicher zu sein, ist dann schon gar kein Geld mehr da. *Man* ***würde*** *ja gerne aber es geht einfach nicht ...*

„Und dann soll es noch junge Frauen geben, die einen relativ starken Hang zu Schuhen, Handtaschen und/oder modischen Kleidern samt Accessoires haben. Diesen wäre eine <u>extra Kiste zuhause</u> für solche Anschaffungen dringend anzuraten. So kann man sich einmal ganz nüchtern, und nicht im Kaufrausch, Gedanken machen, ob es einem persönlich mehr Lebensqualität verschafft, 26 statt 27 Paar Schuhe zu besitzen, oder, statt dessen, sicher zu sein, daß weiter ausreichend Geld fließt, falls man einen schweren Unfall erleidet.

Wenn man dann zum Shoppen loszieht, sollte nie mehr Geld in der Tasche sein, als die Kiste hergegeben hat. Du glaubst gar nicht, wie schnell man sich an solche Selbst-Disziplinierungen gewöhnt. Vor allem, wenn man sie sich freiwillig, **aus eigener Einsicht** auferlegt. – Und ganz nebenbei: Für Jungs und Spontankäufe im Computer- und Fotoladen oder im Baumarkt funktioniert das natürlich auch!" Carsten Neuber lachte übers ganze Gesicht. „Gestern konnte ich mir selbst eine tolle Weitwinkelkamera nicht kaufen, weil ich nicht genügend Geld dabei hatte und heute denke ich, eigentlich brauche ich sie auch nicht. Die Alte ist ja erst ein halbes Jahr alt. Die tut's noch 3 Monate. - So, genug geflachst", meinte er dann. „Kommen wir zum Ernst der Lage." Er griff nach den beiden Kisten und ohne lange zu fragen, hatte er sie geöffnet, umgedreht, ausgekippt, sich mit einem kurzen Blick vergewissert, daß die Gesamtsumme sich um etwa 1 ½ tausend Euro belief. Dann öffnete er die oberste Schublade seines Schreibtisches und wischte das ganze Geld, Scheine und Münzen, mit seinem Unterarm in diese Schublade, die er sofort verschloß. „Das ist jetzt meins."

Tobbi stand da, mit offenem Mund und beobachtete diese Blitzaktion. Seine Verblüffung gestattete ihm nicht einmal einen kleinen Protest. Er war ja allerhand von seinem Patenonkel gewöhnt, aber das war jetzt doch neu. Da er ihn aber, trotz allem, immer noch nicht für einen Strauchdieb hielt, war er er eigentlich eher gespannt, was jetzt wohl kommen würde. Onkel Carsten kam wieder um den Tisch nach vorne und schob Tobbi, indem er ihn wieder mit einem Arm um die Schulter faßte, auf die Türe seines Besprechungszimmers zu, das links angrenzend ans Chefzimmer lag. Er öffnete die Tür, machte mit dem freien Arm eine ausladende Geste und rief: „Traraaa! Voilà. Der Inhalt Deiner Kisten."

Tobias stand starr und regte sich nicht. Er schaute nur ungläubig. Dann machte er zwei drei Schritte vorwärts auf das zu, was da in strahlendem Silber vor ihm stand: Ein Rennrad neuester Bauart von der besten Marke, die er kannte. Ausgestattet mit den besten Komponenten, die der aktuelle Markt hergab. Ein Geschoß, das gut und gern fünf bis sechstausend Euro wert war. WOW. Sprachlos umrundete er dieses Teil. Er strich über das feine Leder des Sattels über die Schalthebel, er blieb sprachlos.

„Aber, aber", stammelte er, „wie kommst du dazu? Warum? Ich habe doch gar nicht Geburtstag." Carsten lächelte ihn an: „ Das ist doch egal. Für einen Geburtstag wäre das eh etwas überdimensioniert. Aber irgendwann hast Du wieder Geburtstag und zwischendrin liegen auch noch Weihnachten und Ostern und dein Abitur hast du auch geschafft.." „Noch nicht ganz", widersprach Tobbi. „Hast du denn Zweifel?" fragte Carsten zurück. „Nö, eigentlich nicht." „Na also. Siehst du, Junge", fuhr er dann fort, „das war eine meiner „Kisten" mit der Aufschrift „Lebenshilfe Patensohn"."

„Aber warum so viel, so teuer?" Tobias war noch immer durcheinander. „Schau, das ist ganz einfach: Man soll doch in inflationären Zeiten in „Sachwerte" investieren. Das habe ich getan. Dieses Rad ist ein sehr schöner Sachwert. Und es hat mir gleichzeitig ermöglicht, auch noch meinen eigentlichen **Anlage-Geheimtip** zu verwirklichen. **Eine Anlage, die schon immer die besten Renditen der Welt gebracht hat.**" Tobbi sah in fragend an. „Die **Investition in Bildung**!" Carsten schmunzelte. „Du hast dir so geduldig meine ganzen Anleger- und Sparer-Tips angehört – du bist jetzt so was von gebildet. Das war es mir einfach wert."

„Ein- oder ausgebildet?" flachste Tobbi. „Das liegt an Dir. Mach was draus." Carsten Neuber war überzeugt, Tobias würde einmal ganz sicher nicht zu der Mehrheit der Deutschen gehören, die die Fachpresse ziemlich respektlos aber doch in gewisser Weise durchaus zutreffend, als „finanzielle Analphabeten" bezeichnete.

Tobbi war zu Fuß gekommen und als stolzer Besitzer einer tollen Rennmaschine fuhr er jetzt nach Hause. Seine beiden leeren Zigarrenkisten hatte er wieder mitgenommen. Zuhause überklebte er das Schild mit der Aufschrift „Spartanburg" mit einem neuen Aufkleber: „Zusatz-Ausbildung". Die ehemalige „Rennrad"-Kiste bekam einen Blanko-Aufkleber. Darüber mußte er sich erst einmal Gedanken machen...

Kapitel 26

Die Eltern beruhigt

„Was ist denn das für eine Luxusmaschine in unserer Garage? Hat Tobbi Besuch?" Herr Wertheim war gerade nach Hause gekommen und gab seiner Frau einen Begrüßungskuß. Die antwortete: „Ich wüßte nicht – ich habe nichts gehört. Er hatte doch um 16.00 Uhr einen Termin mit Carsten. Seither habe ich ihn nicht mehr gesehen." „Na ja, wenn er einen neuen Radlerfreund gefunden hat lenkt ihn das ja etwas von Spartanburg ab" Herr und Frau Wertheim sahen sich verständnisvoll an. „War halt ein blöder Zeitpunkt, so kurz vor dem Abitur." „Na ja, immer noch besser als auf dem Flughafen von Greenville." So versuchte man im Hause Wertheim jeder Situation wenn möglich noch etwas Positives abzugewinnen.

Die Wohnzimmertür sprang auf und Sybille stürmte auf ihren Vater zu. Ganz aufgeregt plapperte sie los: „Weißt du schon Papa, ich weiß was. Onkel Kasten (sie hatte manchmal noch Probleme mit der Aussprache des „r") hat ein Rad aus Tobbis Kisten geholt." Der Vater schaute leicht irritiert. „Was hat er?" „Tobbi hat seine Kisten mit zu Onkel Kasten genommen und als er wieder kam waren sie leer, aber er hatte ein neues Fahrrad. Das steht unten. Du kannst selbst schauen, wenn Du's nicht glaubst." Triumphierend war sich die Kleine sicher, daß ihre Botschaft stimmte. Sie hatte dieses silberne Dings ja selbst gesehen. Und ihr Bruder hatte ihr die leeren Zigarrenkisten gezeigt, die sie ja aus seinem Zimmer kannte, und die sie, unter Androhung grausamster Todesstrafe, nicht einmal berühhrten durfte. Sie hatte sich an das Verbot gehalten – aber jetzt waren die Kisten leer.

„Tooobieee!" Der Ruf nach seinem Ältesten schien Signalwirkung im ganzen Haus zu haben. Nicht nur Tobias kam relativ zügig aus seinem Zimmer, er wurde auch gleich noch gefolgt von Sarah, die es sich nie verziehen hätte, wenn ihr etwas im Hause Wertheim entgangen wäre. „Guten Abend, Big Boß", begrüßte Tobias seinen Vater. „Hallo Mamutsch". „Hi Daddy, hatte sich Sarah zur Begrüßung an diesem Abend ausgedacht, „wie geht's? Was machen die Geschäfte?" Sie ahmte ein wenig die Begrüßungsformeln unter den Kollegen Ihres Vaters nach. „Danke der Nachfrage", spielte ihr Vater mit. „Ich kann gar nicht genug klagen." „Das ist schön... hä?" hatte sie erst jetzt die Wortverdrehung erkannt. „Ist etwas passiert?" „Ja", schaltete sich ihre Mutter ein. „Dein Daddy hat heute morgen einen Clown gefrühstückt." Das wiederum verstand Sarah sofort und lachte mit, während die kleine Sybille ein wenig verunsichert von ihrer Mutter zum Vater und wieder zurück schaute. „Was hast du?" „Tja, so ist das halt", schaltete sich jetzt auch noch Tobbi ein. „Dein Papa kann alles – wenn er will." „Aber das Rad aus deinen Kisten hat er nicht gesehen." Das hat er ganz bestimmt." Tobbi blickte zu seinem Vater, der nickte, kam aber nicht zu Wort. „Papa hat es nicht gesehen, und deine Kisten auch nicht. Er hat es mir selber gesagt." „Jetzt paß mal auf, setzte sich ihr Vater nun doch durch: „Wenn der Kuchen spricht, dann schweigt der Krümel. Klar?" „Aber Mama hat heute keinen Kuchen ..." Wieder einmal war das Gespräch unter den Großen einfach zu hoch für Pille, die, wie das in ihrem Alter auch durchaus üblich war, die ganzen schönen Wortspiele viel zu oft wörtlich nahm und auf diese Weise schon öfter den gesamten Betreuerstab im Kindergarten zu brüllendem Gelächter gereizt hatte, wenn sie von zuhause berichtete, was sie dann auch wieder nicht verstand. Als Kleinkind hatte man es einfach schwer ...

Aber der „Krümel" schwieg tatsächlich und der „Kuchen" fragte jetzt: „Also, der silberne Renner in der Garage, der sprang bei Carsten aus Deinen Kisten?" Jetzt spitzte Pille beide Ohren. Auf **die** Antwort war sie wirklich gespannt! „Nun, ganz so gerade nicht", begann Tobbi von seinem Besuch beim Patenonkel zu berichten. Er wiederholte in Kurzfassung den Inhalt von Carstens´ Anlagetips, die der Vater mit Kopfnicken begleitete. Dann kam er an die Stelle, an der Carsten seine Kisten geleert und den Inhalt eingestrichen hatte. Da konnte Pille doch nicht an sich halten und rief: „Bekommt Onkel Kasten jetzt auch eine Todesstrafe?" „Nein nein", beruhigte sie Tobias. Ich habe ihn am Leben gelassen, denn er hat mir dieses berühmte silberne Rad, das in der Garage steht, dafür überlassen." „What a good deal." Seit Tobbis Amerikaträume im Schnee von Oregon versunken waren, schien seine Schwester SARS ihn mit ihren amerikanisierten Kommentaren trösten (?) oder necken (?) zu wollen. Aber Tobbi war heute zu gut gelaunt. Er pflichtete ihr einfach bei. „Yes, my Tier, a very good deal." An seinen Vater gewandt, schlug er vor: „Fahren wir mal ne kurze Runde? Du darfst auch auf einem "richtigen" Rad sitzen." Damit war das neue Sportgerät offiziell in die Familie Wertheim aufgenommen.

Kapitel 27

Zukunftspläne

Tobbi beschloß, die nächste Zeit noch, wie gewohnt, mit seinem bisherigen Renner in die Schule zu fahren. Erstens wollte er vermeiden, daß man ihn dort für einen Angeber hielt und sich womöglich an dem teuren Teil vergriff. Man konnte ja nie wissen. Zum zweiten war ihm auch der Zusammenhang mit seiner entschwundenen Amerika-Liebe peinlich und nicht zuletzt konnte er hier ganz unauffällig nach eventuellen Käufern für dieses Rad Ausschau halten. Dann könnte er sich das ganze Gezappel mit ebay ersparen. Oder vielleicht hatte ja auch Fritze Nitzwitz Interesse?

Àpropos Fritze. Der hatte in den letzten Wochen trainiert wie ein Weltmeister. Er hatte sich sehr schnell in die neue Mannschaft eingefunden und war gut aufgenommen worden, obwohl er jetzt für seine erwachsenen Kameraden so etwas wie das „Nesthäkchen" war. Erleichtert hat ihm den Start sicher die Tatsache, daß sich die Verletzung des bisherigen Liberos als so schwerwiegend erwiesen hatte, daß dieser, auch nach seiner Genesung die Lust am Fußballspiel verloren hatte und lieber seinem Nachfolger zujubelte als sich selbst noch einmal auf dem Platz zu schinden. Der TSV war ziemlich überlegen Meister der Hessenliga geworden und Fritze und seine Mannschaftskameraden freuten sich schon auf die neuen Herausforderungen in der Regionalliga. Vor allem die Tatsache, daß sich in dieser Liga die Spieler-Scouts der Bundesliga häufig sehen ließen, war für Fritze Grund genug in Doppelschichten zu trainieren. Sein Vater sah das halb stolz, halb kritisch. Er legte ihm ernsthaft ans Herz, den Fußball erst dann zum Hauptberuf zu machen, wenn er mindestens das Vierfache, wie als Dachdecker verdienen könnte. Denn dann könnte er immerhin jeden Monat mindestens ein oder zwei Dachdeckergehälter zurücklegen, für den Fall, daß es dann einmal nicht mehr so klappte mit der Karriere – oder er sich gar verletzte. Vater Nitzwitz dachte da ganz pragmatisch. In der letzten Zeit war doch ein Trend in der Bundesliga zu erkennen, der darauf hinwies, daß es schon recht schwierig wurde, in diesem Beruf die Dreißig zu erreichen und noch nicht Sportinvalide zu sein. Was das anging, so hatte er mit Herrn Wertheim schon Kontakt aufgenommen und der hatte ihm freundlicherweise einen Kollegen benannt, der sich auf die Versicherung von Berufssportlern spezialisiert hatte, „Denn" – so hatte Herr Wertheim gesagt, „Man soll nur das tun, was man wirklich gut kann und die Vertragsklauseln für Berufssportler sind sehr spezifisch. Da sind sie beim Spezialisten besser aufgehoben, als bei mir." Herr Nitzwitz war damit wieder einmal mehr überzeugt, daß er mit seinen eigenen Verträgen bestens beim Büro Wertheim aufgehoben war.

Jessica Bohrer aus Tobbis Klasse und (un)heimliche Verehrerin des neuen TSV-Liberos, war zuerst nicht so ganz zufrieden, mit der Entwicklung „Ihres" Fritze. Dieser war fast nur noch auf dem Fußballplatz anzutreffen und sie war klar ins zweite Glied gerückt. Aber sie freute sich für ihn. Nach einem guten Spiel war er gut gelaunt und die Abende mit ihm und seinen Freunden waren immer lustig und nie langweilig.

Sie würde nach dem mündlichen Abi wahrscheinlich eine Schreinerlehre machen. Sie arbeitete gerne mit Holz, war handwerklich geschickt und auch künstlerisch hatte sie ihre Talente. Ihr schwebte vor, daß man nach abgeschlossener Lehre ja entweder ein Architektur- oder Designstudium anschließen könne und dann könnte sie sich schon eine Selbständigkeit vorstellen. Aber – vorerst war Ihre Lehrstelle im Nachbarort und so konnte sie die Sache mit Fritze sich ruhig mal entwickeln lassen. Vielleicht käme sie ja sogar in die Kreise der Bundesliga-Spielerfrauen? Das wäre doch höchst interessant?

Sarah, Tobbis Schwester, war da schlechter dran. Das „Kopfball-Ungeheuer" Stefan Koller hatte zwar auch einen „Antrag" der Vereinsleitung bekommen, hatte aber dankend abgelehnt, mit dem Hinweis, daß er zum Jurastudium nach Tübingen ginge und sich dort erst einmal um seine Zukunft außerhalb des Sports kümmern müsse. Das war zwar sehr „vernünftig", aber jetzt fand sich Sarah plötzlich selbst in der Rolle ihres Bruders. Kaum hatte sie diesen Jungen „erobert", schon zwitscherte der wieder ab. Hoffentlich bekam sie nicht auch so schnell einen Brief aus einer Ski-hütte... Sarah war einesteils schon ein wenig traurig, andrerseits sagte sie sich, mit der Unbekümmertheit eines selbstsicheren jungen Mädchens: „Ich nehme es, wie es kommt. Hält das Ganze über die Studienzeit hinweg ist es prima, wenn nicht, werde ich es auch überleben..."

Blieb noch Jenny aus dem „Drei-Mädels-Klub". Sie war ja eigentlich in der „schwächsten" Position. „Ihr" Tobias war ja eigentlich in Susan aus Amerika verliebt, aber wie sie „aus gewöhnlich gut informierten Kreisen" erfahren hatte, war das ja jetzt beendet. Nur: sie wußte, daß sie jetzt nicht mit der Türe ins Haus fallen durfte. Andrerseits war die Schulzeit bald um, und Tobbis Pläne bis zum Beginn seiner Studienzeit waren ihr noch nicht hinterbracht worden. Ganz einfach, weil nicht einmal Sarah wußte, welchen Ersatz Tobias für seine ausgefallene Amerikareise angepeilt hatte. Jenny beschloß den „Frontalangriff". Sie würde ihn einfach fragen. Warum denn nicht? Sie hatten schon so viel gemeinsam unternommen und sich immer bestens verstanden. Man würde sehen.

Kapitel 28

Tobbi und Jenny, es hat gefunkt

„Hallo Racer!" Jenny wartete am Marktplatz-Brunnen. Dorthin hatten sie sich am vormittag in der Schule verabredet. Sie brauchte dieses mal gar nicht mit Apfelkuchen zu locken. Er kam ganz freiwillig und sogar sehr gerne. Sie stand, auf ihr berühmtes rotes „Sieger-Bike" gelehnt, und rief Tobias zu sich heran. Sie trug einen weißen, nicht ganz blickdichten Hosenanzug und Radlerschuhe. Sie war ein Bild! Die dunklen Haare fielen locker über den weißen Kragen ihrer Jacke und wenn sie lachte blitzten zwei Reihen vollkommen ebenmäßiger Zähne. Tobbi fragte sich, warum er sich eigentlich nicht viel früher um dieses Mädchen bemüht hatte. Gelegenheiten dazu hatte es ja genug gegeben. Aber – was nicht ist, konnte ja noch werden.

Die beiden schwangen sich auf ihre Stahlrösser. Tobias hatte sein Neues aus der Garage geholt, denn von Jenny erwartete er keine Neid-Attacken und schließlich mußte er das Gefährt ja auch mal richtig einweihen. Wie könnte man das besser tun, als mit einem Apfelkuchen und einem schönen Mädchen auf der Grünberger Hütte. Tobbi fiel jetzt selbst auf, daß er vielleicht an der „Reihenfolge" noch ein wenig arbeiten könnte.

Als sie oben bei der Hütte angekommen waren, diesmal in gemäßigterem Tempo und nicht außer Atem, fanden sie einen wunderschönen ruhigen Platz an der äußersten Ecke der Aussichtsterrasse. Sie bestellten sich zwei extragroße Stücke des „weltbesten" Apfelkuchens und jeder eine Portion heißer Schokolade, mit Sahne. Während sie auf ihre Bestellung warteten fragte Tobias Jenny: „Sag mal, was sind eigentlich deine Pläne nach dem Abi?" Wie aus der Pistole geschossen antwortete Jenny: „Ich werde Berufsradfahrerin und wahrscheinlich Weltmeisterin." Dabei grinste sie über beide Backen. Zuerst verschluckte sich Tobbi fast vor Schreck, aber dann hatte er den Scherz verstanden. „Ha, Ha, Ha", sagte er langgezogen, **so** lange kannst du gar nicht trainieren, bis du mal Weltmeisterin wirst." „Na gut, antwortete sie, dann mache ich halt ein duales Studium für Steuern und Prüfungswesen an der DHBW Villingen-Schwenningen." Jetzt horchte Tobias schon wieder auf. „Warum ausgerechnet dort?" „Nun, weil die einen speziellen Studiengang dafür anbie ten. Du weißt doch, mein Onkel Paul hat die große Steuerberater-Kanzlei in der Innenstadt. Er beschäftigt dort zehn Angestellte, aber er will sich in den nächsten Jahren so nach und nach zurückziehen um, wie er sagt, sein Leben noch ein bißchen ohne Finanzamt zu genießen. Da er keine eigenen Kinder hat, hat er bei einer Familienfeier im letzten Jahr den Vorschlag gemacht, daß ich doch diesen Beruf erlernen und seine Kanzlei nach drei vier Jahren Stück für Stück übernehmen könnte. Als Gegenleistung würde ich dann seine „Rente aufbessern" solange er noch lebte. Ich fand das einen sehr guten Vorschlag, der mir eine tolle Perspektive bietet. Du weißt ja, mit Zahlen kann ich umgehen und das „Helfer-Syndrom, das du auf der Versicherungsseite hast, das spüre ich durchaus auch. Aber es kann ja nicht jeder Versicherung und Finanzen erklären, ein paar Experten müssen sich doch auch darum kümmern, daß die mühsam angesparten Spargroschen nicht alle im Finanzamt versikkern."

Wieder lächelte sie ihr breites Lächeln. Tobias empfand ein tiefes Verständnis. Er entdeckte immer mehr Gemeinsamkeiten, die ihn jetzt, da er sich nicht mehr an Susan gebunden fühlte, sehr stark anzogen. „Das ist ja toll", entfuhr es ihm, „das paßt ja unglaublich gut. Finanzdienstleistung und Steuerberatung sind Geschwister, sagt mein Onkel Carsten immer. Man sollte niemals anlegen, ohne die steuerlichen Auswirkungen zu beachten." „War das jetzt ein Antrag?" feixte Jenny. Tobbi wurde rot vor Verlegenheit. Dann hatte er sich sofort wieder gefangen. „Nein, nein, eher ein Fusionsangebot. Wenn wir unsere Praxen haben, richten wir ein Beratungs-Zentrum ein: Du deckst das Feld Steuerberatung ab und Stefan studiert ja Jura und übernimmt die Rechtsberatung. Zu dritt werden wir dafür sorgen, daß unsere Mitbürger nicht mehr als Finanz-Analphabeten durchs Leben gehen müssen, getreu dem Motto: „Lieber vorsorgen als sich nachher sorgen!" Tobbi hatte sich richtig in Feuer geredet.

Der ankommende Kuchen und die Schokoladen holten ihn wieder auf die „Stühle der Tatsachen" zurück. Sie begannen zu essen. „Klingt die Idee nicht cool?" begann er wieder. „Das wäre doch ein tolles Ziel. Und wir verstehen uns doch prima." Jenny war von diesen Vorschlägen durchaus nicht abgeschreckt, sie blieb aber etwas nüchterner: „Die Idee klingt nicht schlecht, Tobbi, aber vielleicht sollten wir uns zuerst selbst noch ein wenig besser kennen lernen? Wollen wir Freunde sein und künftig mehr zusammen unternehmen?" Tobbi fühlte sich wie auf dem Weg zum siebten Himmel. „Ja, Jenny, das ist deine beste Idee, seit du mich auf dem Weg hier herauf geschlagen hast. Laß uns

„zusammen gehen" und gemeinsam herausfinden, ob das mehr mit uns werden kann." Er beugte sich zu Jenny hinüber, nahm sie in aller Öffentlichkeit in die Arme und küßte sie lange und ausgiebig auf den Mund. „Wow", japste Jenny schließlich, der das gar nicht unangenehm gewesen war. „Das war ja ein richtiger Verlobungskuß." „Na wir wollen's mal nicht gleich übertreiben", grinste Tobbi zurück, „aber wenn Du dich brav und folgsam verhäl..." Sie hatte ihm den Mund mit ihrem zweiten Kuß verschlossen.

In den darauf folgenden Tagen nahmen Tobbis Eltern sehr erfreut zur Kenntnis, daß ihr Sohn seine „amerikanische Trauer" offensichtlich abgelegt zu haben schien. Er bewegte sich wieder sehr viel munterer und pfiff sogar fröhlich vor sich hin, wenn er sich morgens auf sein Rad schwang um die letzten Schultage im Erich-Kästner Gymnasium abzuarbeiten.

Seiner kleinen „SARS" war dieser Wandel natürlich auch nicht verborgen geblieben. Sie fing Jenny an einem der nächsten Tage nach der Schule ab, als Tobias mit seinen Freunden noch zur Fußball-AG gefahren war. „Hat es endlich geklappt?" fragte sie ziemlich direkt. „Wenn Du damit meinst, ob wir jetzt „miteinander gehen", dann hat es „geklappt", gab Jenny zu. „Du hast schon einen tollen Bruder." Sarah verdrehte theatralisch die Augen: „Das kommt Dir nur deshalb so vor, weil Liebe blind macht", meinte sie, fuhr dann aber gleich fort: „aber du hast recht – es hätte schlimmer kommen können."

Kapitel 29

Start ins Leben...

Die mündlichen Prüfungen waren abgeschlossen. Alle hatten bestanden. Die Lehrer der 13 a waren mindestens genau so erleichtert, wie ihre Schüler. Obwohl ein Lehrer leider nie ganz genau bemessen kann, wie groß sein persönlicher Anteil am Erfolg eines Schülers ist. Aber wenn keiner eine Ehrenrunde drehen mußte, hatten sie wenigstens keine schwerwiegenden Fehler gemacht. Die wirklichen Ergebnisse der Schularbeit zeigten sich in den allermeisten Fällen erst viele Jahre später oder – vielleicht auch gar nicht. Wenn Schüler verzogen oder auswanderten, bedeutete dies eben das Ende eines mehrjährigen zusammen lebens und arbeitens. Bei den einen bedauerte man das, bei den anderen war man eigentlich ganz froh...

Die 15 „Bestandteile" der diesjährigen 13. Klasse waren aber alle, jeder und jede auf ihre eigene, ganz persönliche Weise, sehr erträglich gewesen. Im großen und ganzen hatte die Arbeit mit ihnen Spaß gemacht. Das zeigte sich auch daran, daß kein einziger „leerer Körper", wie Stefan die Lehrkräfte in seiner launigen Abiturientenrede genannt hatte, nach einer Ausrede gesucht hatte, um nicht am finalen Abiturientenball teilnehmen zu müssen. Alle waren sie gekommen: Reli-Bauer, Mathe-Mattes, Herr Heine und – sieh da, sieh da: Der schnelle Schnell in Begleitung von Frau Klasse. Auch die Biologielehrerin undefinierbaren Alters, Frau Haller, hatte es sich nicht nehmen lassen, den Abend zu bereichern. Tobias, der Arm in Arm mit Jenny an der Tür zur Aula stand, traute seinen Augen nicht: Wer war der großgewachsene sportliche Typ an ihrer Seite? War das nicht ? ... Bevor er sich von seinem Staunen erholen konnte, stürmte Sarah an ihm vorbei, auf diesen Mann zu: „Hallo, Onkel Carsten!" Was treibt dich an die Schule zurück?" „Carsten schmunzelte nur und legte seinen Arm um Frau Haller: „Die Biologie mein Kind, die Biologie." Frau Haller und Carsten Neuber gingen lachend weiter und setzten sich an den Tisch zu Herrn und Frau Wertheim und den Eltern von Jenny.

Das Nachwort 1,

**mit den versprochenen Zugaben zur Berufsfindung,
die diesem Buch einen erweiterten Nutzwert sichern sollen.**

Wer keine Lust oder Zeit hat(te), Tobias Wertheim und seine Familie und seine Freunde und Klassenkameraden der 13a des Erich-Kästner-Gymnasiums durch neunundzwanzig Kapitel hindurch zu begleiten, der kann sich ab hier trotzdem Anregungen holen, wie er oder sie mit größerer Wahrscheinlichkeit einen passenden Beruf findet als mit jeder Googelei im Internet.

Die WBV-Berufsfindungs-Wegleitung sei allen Erziehenden ans Herz gelegt und an die Hand gegeben. Nehmen Sie sich die Zeit, diese wenigen Schritte, zusammen mit Ihren Jugendlichen und/oder Schülern durchzugehen. So können teure Irr- und Umwege vermieden werden.

Dabei kommt es gar nicht darauf an, daß sich alle jungen Leser bei *unserer* Firma um einen dualen Studienplatz bewerben. (☺) Sehr viel wäre schon gewonnen, wenn der Beruf des freien Finanzdienstleisters als solcher endlich unvoreingenommener und fairer betrachtet würde und der eine oder andere Kollege einen motivierten Mitarbeiter gewänne.

Nicht die Tätigkeit an sich kann für Kunden mit unangenehmen Folgen verbunden sein – nur ihre schlechte Ausübung! Ob Makler oder Mehrfachagent, ob für Honorar oder Provision: **Wie in jedem Beruf** gibt es selbstverständlich hier wie überall „schwarze Schafe". Aber vielleicht geben **Sie** ja den „weißen" ab sofort eine faire Chance?

Selbst **Wilhelm Busch** hat erkannt, daß auch nicht in Anspruch genommene Versicherungen trotz allem ihr Gutes haben und ihr Geld wert sind:

Peinlich berührt

Im Dorfe wohnt ein Vetter,
Der gut versichert war
Vor Brand und Hagelwetter
Nun schon im zehnten Jahr.

Doch nie seit dazumalen
Ist ein Malheur passiert,
Und so für nichts zu zahlen,
Hat peinlich ihn berührt.

Jetzt, denkt er, überlasse
Dem Glück ich Feld und Haus.
Ich pfeife auf die Kasse.
Und schleunig trat er aus.

O weh, nach wenig Tagen
Da hieß es: »Zapperment!
Der Weizen ist zerschlagen
Und Haus und Scheune brennt.«

Ein Narr hat Glück in Masse,
Wer klug, hat selten Schwein.
Und schleunigst in die Kasse
Trat er halt wieder ein.

Die WBV - Wegleitung zu meinem Beruf

Wähle einen Beruf, den du liebst - und du brauchst keinen Tag in deinem Leben mehr zu arbeiten.

Was tun Sie von sich aus gerne?

Bewegen?	Lieber nicht
Reden?	Lieber zuhören
Forschen?	Lieber Ergebnisse nützen
Verwalten?	Lieber gestalten
Lernen?	Lieber mit Erfahrungen leben

Ordnen Sie diese Basistrends den unten dargestellten Gruppen zu.

Wie stellen Sie sich eine finanziell befriedigende Zukunft vor?

Ich möchte überdurchschnittlich leisten und demnach auch überdurchschnittlich verdienen,
Ich möchte angemessen bezahlt werden
Mir ist Geld nicht so wichtig - es reicht, wenn ich meine Grundansprüche befriedigen kann
Geld ist völlige Nebensache, wichtig ist für mich die persönliche Befriedigung in meinem Beruf

Vielleicht helfen Ihnen einige Gedanken zum Geld Ihren Weg zu finden?

Geld ist nicht alles, ...   *... aber ohne Geld ist alles nichts.*

Geld macht nicht glücklich, ...   *... aber der Mangel an Geld auch nicht.*

Geld verdirbt den Charakter. ------ Nicht, wenn man einen hat.

Für die folgende Aufstellung sollten Sie bedingungslos ehrlich zu sich selbst sein!
Es gibt kein RICHTIG und kein FALSCH sondern nur ein ZUTREFFEND oder nicht!
Die folgende Aufstellung ist nur beispielhaft, die genannten Berufe nur Beispiele!
Wenn die Systematik erkannt wurde, kann sie quasi endlos ausgebaut werden.

Menschenorientiert:		Sachorientiert:		Naturverbunden:		Künstlerisch:	
Ich lerne gerne immer wieder neue Menschen kennen.	Verkäufer, Reiseleiter	Mir ist ein überschaubarer Freundeskreis genug.	Sach- oder Ressort-Bearbeiter	Mir geht es auch um Menschen aber auch um Tiere und Pflanzen	Biologe, Zoologe	Ich fühle mich am wohlsten in meiner künstlerischen Tätigkeit.	Freier Künstler
Ich helfe gerne anderen Menschen. Ich gebe gerne weiter, was ich weiß.	Arzt, Pflegerin / Lehrer/in	Ich denke, jeder sollte sich um sich selbst kümmern.	Fachmann/frau für bestimmte Themen z.B. Konstrukteure, Entwickler	Der ganzen Natur und Umwelt sollte geholfen werden.	Förster	Wenn ich mit meiner Kunst helfen kann, ist das prima. Ich gebe auch gerne meine Fähigkeiten weiter.	Heil-Pädagoge, Heil-Gymnast / Lehrer/in
Ich arbeite gerne an verschiedensten Orten auf die verschiedenste Weise.	Handelsvertreter	Mir ist es lieber von einem bestimmten Arbeitsplatz aus klar vorgegebene Aufgaben zu erfüllen.	Beamter, Ingenieur, Architekt	Ich sehe meinen Arbeitsplatz am liebsten in der freien Natur	Naturkundler, Gärtner	Mein Arbeitsplatz ist mein Atelier oder die Bühnen der Welt oder die Schule.	Freier Maler, Bildhauer, Musiker, Schauspieler, Regisseur
Ich trete gerne helfend ein, wenn Ungerechtigkeiten geschehen.	Anwalt, Polizist, Richter	Ich würde gerne etwas grundlegend Neues schaffen oder entdecken.	Forscher/in, IT Entwickler	Ich möchte meinen **Beitrag leisten**, **damit** die Umwelt und Natur den angemessenen Schutz **erhält**.	Forscher, Lehrer, Politiker, Architekt	Ich möchte einfach nur im Einklang mit mir und meiner Umwelt friedlich leben.	Freier Künstler
Wenn andere Menschen ziel- und orientierungslos sind helfe ich gerne soweit ich das kann.	Pfarrer, Psychologe, Sozialarbeiter	Ich bin mir selbst genug, möchte aber auch nicht immer an der gleichen Stelle arbeiten	Berufs-Kraftfahrer/in, Zug-, Schiffs- und Flugpersonal	Die Entdeckung einer neuen Spezies wäre mein Traum.	Forscher/in	Wenn die Kunst heilen helfen kann, möchte ich das gerne ausüben.	Heileurythmist, Heilpraktiker, Therapeut

Die Summe aller dieser Berufe ergibt den **Unternehmensberater** für die private Familie, den Finanz-Beistand.	Arzt, Anwalt, Verkäufer, Handelsvertreter, Pfarrer, Psychologe, Sozialarbeiter, LEHRER

Wenn Sie so ein Beruf reizen könnte, dann sehen Sie sich auf unserer Homepage www.wbv-vogt.de um. Unter "Karriere" und den dazugehörigen Unterpunkten finden Sie weitere Informationen! Wir wünschen Ihnen die richtige Entscheidung!	Denken Sie daran: **Diese Entscheidung beeinflußt ihr ganzes Leben! Und das Ihrer Familie!** **Treffen Sie sie sehr sorgsam und wohl überlegt!!**

Versicherungsfuzzi oder wichtiger Sozialberuf

Was ist ein „sozialer Beruf" ?

Krankenschwester
Sanitäter
Arzt
Pfarrer
Sozialarbeiter
Lehrer
Polizist
.
.
.

Vom Wort her prüfen!

Sozial = vom lat. „**socius**", gemeinsam, verbunden, verbündet (auch Beifahrer auf Motorrad) (☺)

Was verbindet man mit einem „sozialen Beruf"?

Helfen,
Kontakt mit Menschen,
Etwas für andere tun
Gleichberechtigung schaffen
Lebensbedingungen verbessern
Etwas tun, was anderen nützt
Gemeinsam etwas tun/erreichen
Jederzeit zur Verfügung stehen

Häufig verbindet man mit „sozialen Berufen" die Erwartung, daß die Leistung nicht gesondert berechnet wird, d e n n: *Hilfe braucht man in der Not, und dann hat man häufig nicht die nötigen Mittel.*

Aber es gibt – auf Dauer - (leider) nichts auf der Welt ohne Bezahlung oder Gegenleistung. Also muß jemand anderes bezahlen. Die öffentliche Hand beispielsweise. *(Der Staat)*

Berufe, die viele der o.g. Kriterien erfüllen, bei denen aber **hohe Einkommen** unterstellt werden, werden deshalb oft nicht als „sozial" anerkannt!

An „Hilfe" zu verdienen, gilt als „unanständig": Das spüren relativ häufig: Rechtsanwälte, Steuerberater und Politiker. Aber auch Ärzte und Zahnärzte.

Wie beschreibt man seine Tätigkeitswünsche, wenn es in Richtung „sozial" gehen soll?

Ich möchte mit Menschen zu tun haben.
Ich möchte etwas Nützliches tun.
Ich möchte etwas für die Allgemeinheit bewirken
Ich möchte helfen.

Ich brauche Abwechslung.
Ich kann nicht ständig in einem Büro sitzen.
Ich möchte mit anderen gemeinsam arbeiten.

Berufe, die direkt helfen:

Ärzte, Hebammen, Physiotherapeuten, Krankenschwestern und Pfleger Sanitäter, Feuerwehrleute, **helfen unmittelbar bei Bedarf.**

Für Wissenstransfer und Beistand ist immer Bedarf!
Oft wird das nicht erkannt, was extrem gefährlich ist.
Einsatz für: Unabhängige Finanzbeistände, Privatunternehmensberater, Life-Coach!

Berufe, die indirekt helfen:

Polizist und Soldat, helfen oft schon allein durch ihre bloße Anwesenheit.

Lehrer/in, Professor/in, Kindergärtner/in, (Medizinische) Forscher

Ihr Nutzen geht weit über den Einzelfall hinaus! Sie wirken allgemein.

Pfarrer spenden Trost für Gläubige
Sozialarbeiter, Psychiater und Psychologen und Therapeuten helfen in bestimmten Lebensphasen und –Bereichen.

Wie kann ein Unabhängiger Finanzbeistand ein „sozialer" Beruf sein und trotzdem gut verdienen?

Weil er an der Nahtstelle zur Finanzwirtschaft arbeitet. **Er hilft seinem Kunden und wird von der Finanzwirtschaft dafür bezahlt, daß er sinnvolle Verträge dorthin vermittelt wo sie gebraucht werden.**

Die Vermarktung unnötiger Verträge, die die Versicherungswirtschaft durchaus in zahlreicher Weise auch anzubieten hat, überläßt er den „reinen Verkäufern". Seine Überlegung: *„Von Unsinn abraten und daran nichts verdienen, schafft* **Vertrauen und Empfehlung. Die einzige Basis einer langfristig sicheren und auskömmlichen kaufmännischen Existenz."**

Leider wird das in der Öffentlichkeit vielfach noch nicht so gesehen. Gerade der Finanzbranche wird immer wieder unterstellt, „für Geld würde jeder Unfug in die Welt gesetzt." Anderen Branchen, die nicht minder unnötigen Kram verkaufen, wird dies bedenkenloser zugestanden.

Ich meine, hier gilt die Formel: **„Viel Geld = Zwielicht."**

Wer erkennt, daß **„Neid - Verstand = Vorurteil"** ist, der hat schon viel gewonnen!

Vorurteile leben länger?

Der Versicherungsvertreter hat sich gerade verabschiedet. Ich überdenke alles noch einmal. Worauf habe ich mich jetzt eigentlich eingelassen? Jeden Monat 150 Euro weniger im Geldbeutel! Dafür kann ich jetzt meine Wohnung ausbrennen lassen, mein Haus unter Wasser setzen oder mit dem Fahrrad einen Öltankzug in den Graben zwingen. Und wenn mir nichts von alledem   passiert? Gar nicht dran denken. 150 Euro jeden Monat und eigentlich habe ich „nichts" davon, denn alle diese versicherten Gefahren sind mit sehr vielen Unannehmlichkeiten verbunden.

...

Ich verlasse die Bankfiliale. Die neue Schalterdame ist extrem attraktiv. Wo finden die nur immer solche Bräute? Noch dazu ist sie außerordentlich nett. Wie sie mir mit strahlendem Lächeln die zehn Fünfzig-Euro-Scheine über den Tresen schob, die ich von **meinem** Konto abgehoben habe. Vielen Dank, reizend.

...

Welcher der beiden Geschäftspartner bleibt jetzt in angenehmerer Erinnerung? **Wer ist seriöser?** Die Bank hat mir Geld gegeben. Gut, es war eigentlich mein eigenes. Aber ich kann mir dafür jetzt einiges kaufen, was mein Leben angenehmer macht. Die Versicherung entzieht mir Monat für Monat   150 Euro. Auch das ist mein Geld und ich habe im Moment „nichts" davon.

Fazit: <u>Die Bank muß seriöser sein.</u> Ein Vor-Urteil, das sich seit Jahrzehnten hartnäckig hält. Und um so mehr, je hübscher die Dame hinter dem Schalter ist.

Irgendwann in grauer Vorzeit, als wir noch Studenten waren, riefen wir uns öfters mal zu: „Erst Hirn einschalten, dann reden!" Versuchen wir es einmal damit?

Das Geschäftsmodel einer Bank

Sagt der Bankdirektor zu seinem Kollegen: „Mein Vater hat mir hinterlassen, es gäbe nur eine einzige Art, seriös Bankgeschäfte zu betreiben." „Und", fragt der Kollege, „welche Art ist das?" „Was, Du weißt das auch nicht?"

Die Bank handelt mit Geld. Dabei gibt es einen uralten Grundsatz: Im Einkauf liegt der Segen. Auf dem Girokonto überlasse ich der Bank mein Geld quasi „umsonst". Ich bin es, der Zinsen bezahlt, wenn ich mein Konto überziehe, wenn ich gewissermaßen das Giralgeld meines Nachbarn benutze. Zur Zeit kostet mich das etwa 12 %. Kein schlechtes Geschäft, oder?

Das Geschäftsmodell der Versicherung

Bauer Franz fragt Bauer Max: „Du hast Dich gegen Feuer und Hagel versichert?" „Ja" bekommt er zur Antwort. „Nun," überlegt Franz, „das mit dem Feuer sehe ich ja ein, aber wie läßt Du es hageln?"

Die Versicherung bietet eine Art „Sammel-Dienstleistung". Viele Kunden zahlen ein. Nur ein Teil davon erleidet tatsächlich den versicherten Schaden. Dieser übersteigt dann in aller Regel die eingezahlten Beiträge um ein Vielfaches. Klar, nicht jeden Tag brennt es in meinem Dorf. Aber in Deutschland schon und zwar mehr als einmal. In meiner Wahrnehmung trifft es immer nur andere. Es ist wie bei der Vielzahl von Verkehrsunfällen in der Tageszeitung. Gott sei Dank, es sind immer nur die anderen. Bis – ja bis es doch einmal den Nachbarn, den Onkel, den Bruder oder gar mich selbst trifft. Wie dankbar sind täglich Tausende, die, auch unter Mithilfe meiner Beiträge, vor dem Ruin bewahrt werden. Man darf dankbar sein, wenn man die eigene Versicherung nie braucht. „Umsonst" war der Aufwand in keinem Fall. Anderen Menschen konnte damit geholfen werden.

Mit eingeschaltetem Hirn beantwortet sich die Frage nach der Seriosität vielleicht doch anders als unser **Vor**-Urteil uns glauben machen wollte.

Merke: Es ist nicht wichtig, für wie wahrscheinlich man den Eintritt eines Schadens hält. Entscheidend ist, ob man die finanziellen Konsequenzen **alleine** tragen kann, **wenn** er passiert ist.

Das Nachwort 2,

mit den versprochenen Zugaben zum informierten Umgang mit Geld und Finanzen

Sechs ehrliche Diener hab ich
Sie lehrten mich, was ich kann!
Sie heißen WAS und WIE und WO,
Sie heißen WARUM und WER und WANN!

(Rudyard Kipling, 1865 bis 1936, britischer Literatur-Nobelpreisträger)

Versicherungen...

... sind wie Geländer. Man könnte es auch „ohne" schaffen, man fühlt sich aber besser „mit".

Anlegen und Sparen.

Schon die alten Chinesen wußten:

Mit Geld kannst du dir ein Haus kaufen, aber nicht ein Heim
Mit Geld kannst du eine Uhr kaufen, aber keine Zeit
Mit Geld kannst du dir ein Bett kaufen, aber keinen Schlaf
Mit Geld kannst du dir ein Buch kaufen, aber keine Bildung
Mit Geld kannst du dir einen Arzt kaufen, aber keine gute Gesundheit
Mit Geld kannst du dir eine Position kaufen, aber keinen Respekt
Mit Geld kannst du Blut kaufen, aber kein Leben
Mit Geld kannst du Sex kaufen, aber keine Liebe.

Und Benjamin Franklin (1706 bis 1790) der amerikanischen Schriftsteller und Staatsmann, gab zu bedenken:

„Wenn man es nicht schafft zu planen, plant man, es nicht zu schaffen."

„Wer euch sagt, dass ihr anders reich werden könnt als durch Arbeit und Sparsamkeit, der betrügt euch, der ist ein Schelm."

Ihre Arbeitskraft

Ihr größtes Vermögen!

Ändern – verhindern – versichern

C - hronische Faulheit

A - rbeitslosigkeit

K - rankheit

U - nfallfolgen

B - erufsunfähigkeit

E - rwerbsunfähigkeit

P - flegebedürftigkeit

T - od

Versicherungsschutz für Geld und Besitz

Haftpflicht gegen die unbegrenzte Haftung mit dem vollen Vermögen, nach

> **BGB § 823:**
> **"Wer vorsätzlich oder fahrlässig das Leben,**
> **den Körper, die Gesundheit, die Freiheit,**
> **das Eigentum oder ein sonstiges Recht eines**
> **anderen widerrechtlich verletzt, ist dem Anderen**
> **zum Ersatz des daraus entstehenden Schadens**
> **verpflichtet."**

Hausrat- und
Gebäudeversicherung mit Elementarschaden-Deckung
„rettet" Sie bei unvorhergesehenen Kosten zur „Unzeit".

KfZ   Haftpflicht, s.o.   Kasko: gegen Verlust zur Unzeit, s.o.

Rechtsschutz   um sich im Zweifelsfall gerichtlich wehren zu können,
bzw. „sein Recht" durchzusetzen.

Und das war's auch schon.
Alles weitere sind individuelle Anpassungen.

Zum Beispiel „Sonderrisiken", die nicht für jedermann zutreffen, die aber dort, wo sie bestehen, ebenfalls, mit Hilfe von Versicherungen finanziell gemildert werden sollten. Die nachfolgende Aufzählung betrifft nur die häufigsten (Privat)Risiken. Sie hat keinesfalls den Anspruch auf Vollständigkeit:

- Hundebesitzer, Pferdebesitzer, Öltankbesitzer,
- Eigentümer eigengenützter und vermieteter Wohnungen, Ferienhausbesitzer,
- Hobbies wie: Modellflug, Segelflug, Fallschirmspringen, Tiefseetauchen, Jagd
- Lehrer, Selbständige und Berufssportler

- Veranstalter von größeren Festen und Turnieren, für die Eintritt verlangt wird.
  usw. und usw.

Jede Besonderheit, die einer Person oder einer Tätigkeit zugrunde liegt, muß für sich analysiert und beurteilt werden, inwiefern eventuelle Schäden zum finanziellen Aus des Betreffenden führen würden.

Am wichtigsten ist dabei mit Sicherheit der Schutz vor dem sehr weitreichenden deutschen Haftungsrecht nach dem bürgerlichen Gesetzbuch (BGB).

Krankenversicherung!

Darauf sollten Sie viel mehr achten als auf den PREIS:

Heilmittel im Sinne des Sozialgesetzbuches, 5. Buch, sind ...

ärztlich verordnete medizinische Dienstleistungen, die ausschließlich von Angehörigen entsprechender Gesundheitsfachberufe persönlich erbracht werden dürfen.

Nach den Heilmittel-Richtlinien des gemeinsamen Bundesausschusses fallen unter die Heilmittel Maßnahmen der physikalischen Therapie (Massagen und Krankengymnastik), der podologischen Therapie (medizinische Fußpflege), der Stimm-, Sprech- und Sprachtherapie sowie der Ergotherapie (Bewegungs- und Beschäftigungstherapie).

Seit etwa 1914 werden Heilmittel von **Arzneimitteln** (Medizin in diversen Formen, Pillen u.a.) unterschieden.

Bei den Heilmitteln gibt es im Rahmen der Krankenversicherung in der Regel nur Unterschiede in den erstatteten Behandlungsdauern. Vor allem, bei Massagen und psycho-therapeutischen Maßnahmen.

Hilfsmittel im Sinne des Sozialgesetzbuches, 5. Buch, sind ...

Gegenstände, die im Einzelfall erforderlich sind, um den Erfolg einer Krankenbehandlung zu sichern, einer drohenden Behinderung vorzubeugen oder eine Behinderung auszugleichen, soweit sie nicht als Gebrauchsgegenstände des täglichen Lebens anzusehen sind. (§ 33)

Die für die <u>Gesetzliche Krankenversorgung</u> (GKV) leistungspflichtigen Hilfsmittel sind im <u>Hilfsmittelverzeichnis der GKV</u> definiert (entsprechend § 139 SGB V) und als Einzelprodukte auf Herstellerantrag gelistet.

Die Krankenkassen sind verpflichtet, ihren Mitgliedern nach ärztlicher Verordnung entsprechende Hilfsmittel zu stellen. Diese wird von den Vertragsärzten der Kassen geprüft. Die Versorgung der Patienten geschieht durch die <u>Leistungserbringer</u> (Fachhandel wie Sanitätshäuser, Apotheken,

Orthopäden). Die Kassen sind im Regelfall verpflichtet, von ihren Mitgliedern eine Selbstbeteiligung zu verlangen.

Im Rahmen der vertraglichen Leistungserbringung privater Krankenkassen (PKV) gibt es **gewaltige Unterschiede.** Geachtet werden sollte immer auf einen **„offenen" Hilfsmittelkatalog**, d.h. auch Neuentwicklungen werden dann erstattet. Zudem ist es ratsam, keine Einschränkungen, wie „in wirtschaftlichster Form" zu akzeptieren.

Hilfsmittel können leicht in den 5-stelligen Eurobereich steigen, was nicht jeder Patient sich „einfach mal so (durch Zuzahlung) leisten kann. Beispiele: Elektro-Rollstühle, statt der GKV-Handbetriebenen; oder Blindenhunde, deren Anschaffung sehr schnell 15- bis 20.000 € kostet und die die GKV nur nach ganz besonderer Prüfung bei **totaler** Blindheit erstatten.

FAZIT: Beim Abschluß einer privaten Krankenversicherung ist die Regelung bezüglich der Hilfsmittelleistung von ganz besonders großer Wichtigkeit!

Bedenken Sie, daß kein einziger Mensch auf der Welt je sicher sein kann, daß er nie irgendwelche Hilfsmittel braucht. Und wenn es nur einer unter tausend ist – und gerade SIE sind der/die Eine – dann haben Sie ein ganz erhebliches Problem. Ihr Leben ist dann nicht nur gesundheitlich sondern auch noch finanziell zerstört!

Was gibt es beim Geldanlegen schon zu lernen?

1. Es gibt **nirgends eine endgültige Sicherheit.** Nicht einmal bei Sparkassen und Volksbanken. Der Einlagensicherungsverein ist keine **100 %**-ige Sicherheit. Staatliche Garantien gibt es keine! (Lesen Sie dazu sehr aufmerksam *„Das Märchen von der Staatsgarantie"* in diesem Buch.)

2. Risiko bedeutet relativ selten Totalverlust. Risiko bedeutet eher mögliche Schwankungen. Die Schwankungs-Intensität ist wählbar. Die „Leidensfähigkeit" ist von Mensch zu Mensch verschieden. Jedes Risiko bietet gleichzeitig immer auch Chancen. Man kann Risiken durch breite Streuung ziemlich weit herunterfahren aber **nie** ganz ausschließen.

3. Investieren Sie niemals in einer Anlage mit Totalverlust-*Möglichkeit,* wenn Sie diesen Totalverlust nicht ertragen könnten.

4. Teilen Sie Ihre Anlagesumme auf und **überprüfen Sie die Aufteilung wenigstens jährlich.**

5. Es bieten sich 4 Kategorien an:

   a. Jederzeit flüssiges Geld – muß erhalten bleiben, Zins zweitrangig. **Notfall-Rücklagen.** Könnte an sicherem Ort auch zu Hause in bar vorgehalten werden. Ist stark vom einzelnen Charakter abhängig. Ratsam wäre wenigstens der laufende Bedarf von etwa 3 bis 4 Monaten.

   b. **Kurzfristige Wünsche** ansparen und erfüllen. (Urlaubsreisen u.ä.) Verluste verlängern die Laufzeit. **Mittelfristige Anschaffungsziele.** (Auto, teure Stereoanlage o.ä.) Verluste verlängern die Ansparzeit.

   c. **Termingerechte Anschaffungsziele**, für die das Geld punktgenau zur Verfügung stehen muß. Wenn der Zeitraum groß genug ist, (ca. +/- 10 Jahre) kann mit Fonds begonnen werden, die dann in jedem Fall noch einmal 2 bis 3 Jahre vor Ablauf überprüft werden müssen. Dann können eventuelle Verluste meist noch ausgeglichen, bzw. Gewinne gesichert werden.

d. **Rücklagen für das dritte Drittel!** Es wäre sträflich, dabei die Chancen des Zinseszins nicht zu nützen. Spätestens hierher gehören **auch, aber nicht nur** Immobilienanlagen. Wobei es eine individuelle Entscheidung ist, „Gemeinschafts-Immobilien" oder konkrete Einzelobjekte zu wählen.

6. Merke: <u>**GIER und ANGST sind ganz schlechte Ratgeber**</u>.

7. Investieren Sie nur dort, wo Sie alles komplett und richtig verstanden haben.

8. Und vergessen Sie NIE die Einflüsse von Inflation, Steuern und Gebühren/Kosten! (In dieser Reihenfolge!)

Was ist Rendite?

Zuerst die schlechte Nachricht? Der Renditebegriff ist zwar mit Mathematik verbunden, die den allermeisten Menschen in Deutschland nicht liegt oder zumindest keinen Spaß macht, es gibt aber trotzdem keine allgemeingültige Definition. (Versuchen Sie`s ruhig einmal bei Wikipedia!)

Was ist dann die gute Nachricht? Wir können uns den Begriff „selbst schnitzen", den wir am besten verstehen. Für mich persönlich war die Rendite Zeit meines Lebens das Ergebnis einer bestimmten Anlage (100 €) bei einem bestimmten Zins (7%) über eine bestimmte Zeitspanne hinweg (5 Jahre): in diesem Fall 140,26 €.

In diesem Rechenbeispiel ist der Zinseszins eingebaut: Aus 100 wird nach 1 Jahr mit 7 % = 107, daraus werden 114,49, daraus 122,50, daraus 131,08 und daraus schließlich 140,26. Also war die **Rendite gleich dem Anlagezins:** 7%. Ich weiß aus meiner täglichen Arbeit, daß das die meisten Kunden auch so sehen.

Der **Wertzuwachs** war dagegen: 40,26 €. Geteilt durch die 5 Jahre Anlagezeit: **8,05 %** ! Hallo! Das ist auf diese kurze Zeit gesehen schon ganz schön viel mehr. Auf den tatsächlichen Zinssatz von 7 % bezogen immerhin 15 % ! (15% von 7 sind 1,05)

Erste Empfehlung deshalb: Versenken Sie am besten alle Werbeschreiben samt Prospekten in die Ablage „**P**", wie „**P**apierkorb", wenn man Ihnen einen tollen Wertzuwachs vorgaukelt. Je länger nämlich die Anlagezeit (beispielsweise für ein Schiff oder einen Container, 20 Jahre) wird aus einer Rendite von 7% auf 100 € ein Wertzuwachs von 286,97 geteilt durch 20 = 19,35 % pro Jahr. Aber eben keine Rendite.

Noch viel größer fällt der Unterschied aus, wenn es um Sparpläne geht. Wer 5 Jahre lang jeden Monat 100 € mit 7 % verzinst zurücklegt, besitzt am Ende 7.159,29 €. Ein Wertzuwachs von 1.159,29 €. Eine „Rendite" „geteilt durch fünf" = 231,86 % ???

Tja, und dann gibt es noch Prospektmachers Liebling! Der sogenannte "**Interne Zinsfuß**". Wenn Sie diesen Begriff als „Renditeersatz" innerhalb eines Prospektes finden, der Ihnen eine Anlage schmackhaft machen will, die regelmäßige Ausschüttungen vornimmt (wie nahezu alle geschlossenen Immobilienfonds), dann sollten Sie sich im Klaren sein, daß diese durchaus seriöse Berechnungsformel häufig dazu verwendet wird, **Sie in ganz unseriöser Weise über den Tisch zu ziehen!**

Der interne Zinsfuß geht nämlich – völlig **wirklichkeitsfremd** – davon aus, daß alle erfolgten Ausschüttungen sofort und unmittelbar zum gleichen Zinssatz wieder angelegt werden, wie ihn die Investition gerade erwirtschaftet hat.

Beispiel: Sie besitzen eine 20.000 € - Immobilienfonds-Beteiligung, die Ihnen 6 % im Jahr erwirtschaftet. Sie erhalten eine Ausschüttung von 1.200 Euro. Versuchen Sie bitte, diese 1.200 € heute irgendwo für 6 % anzulegen... Na also.

Noch einmal: **Der Interne Zinsfuß** ist eine Größe, die dem Mathematiker Vergleichsaussagen ermöglicht. Als „Rendite-Ersatz" **in einem Prospekt dient** er in aller Regel **der Verschleierung des eigentlichen Ergebnisses.**

Sie wissen jetzt also, wovor Sie sich hüten sollten. Aber wie findet man sich im Dschungel von Mathematik, Zins und Zinseszins zurecht, wenn man doch nur wissen will, ob eine Anlage rentabel ist. Wenn Sie mit mir der Meinung sind, daß Rentabilität eine ganz persönliche Vorstellung ist – der eine hält 3 Prozent schon für ganz gut, beim anderen fängt „echte Rendite" erst bei 10 % an – dann hilft eine wirklich ganz simple Faustformel schon ziemlich weit: **Die 72er-Regel.** Sie beantwortet auf ganz einfache Weise grundlegende Zusammenhänge. Merken Sie sich diese Regel ganz genau und sie sind nur noch mit deutlich erhöhtem Aufwand über den Tisch zu ziehen! Die Zahl **72** gibt Ihnen beispielsweise die Antwort auf die Frage: *„In welcher Zeit verdoppelt sich mein Kapital, wenn mir jemand 8 % dafür verspricht".* Sie lautet: in 72:8 = In 9 Jahren.

Oder, Sie wollen in 10 Jahren ihr Kapital **verdoppeln.** Dann brauchen Sie einen Zinssatz von 72:10 = 7,2 %. Oder es interessiert Sie, wann bei 4 % Inflation die **Hälfte** Ihrer Kaufkraft aufgefressen ist? Bitteschön: 72:4 = In 18 Jahren. Es ist klar: Da diese Ableitung aus der Zinseszinsformel sich <u>nur aufs verdoppeln oder halbieren beschränkt,</u> können damit bei weitem nicht alle Renditefragen geklärt werden. Aber Sie können **ein Gefühl** dafür **entwickeln,** ob sich ein Gesprächspartner auf dem Boden der Tatsachen oder im finanziellen Wolken-Kuckucksheim bewegt, denn nach meinen persönlichen Maßstäben ist eine Verdopplung der Anlage in 10 Jahren (7,2 %) durchaus akzeptabel. Es müssen nicht immer 15 % sein. Eine Verdopplung in weniger als 5 Jahren.

P.S.

Wer noch ein bißchen perfekter „überschlägig" mitrechnen möchte, kann sich zusätzlich die **115er-Regel** merken! Sie <u>funktioniert identisch wie die 72er-Regel,</u> nur können Sie mit ihr überschlagen, **in welcher Zeit und mit welchem Zins sich ein Kapital verdreifacht bzw. drittelt.**

<u>Schlußtipp</u>
Für alle, denen keiner mehr ein „x" für eine „u" vormachen kann:

Kaufen Sie sich, für relativ wenig Geld, **einen kaufmännischen Rechner** oder laden Sie sich ein entsprechendes App auf Ihr iPhone oder Ihren Android.

Sie erkennen diese Art von Rechnern an den Eingabetasten: **n** (für Zahl der Anlagejahre, meist in Monaten erfaßt); **i** (für den Zinssatz, meist auf den Monat gezwölftelt); **PV** (für eingesetztes Kapital) **PMT** (für regelmäßige Einzahlungen) und **FV** (für Endkapital).

<u>Für die ganz Genauen</u>:
n=numbers; **i**=interest; **PV**=Present Value; **PMT**=Payment; **FV**=Future Value

Was ist Risiko?

Die meisten Anleger denken beim Begriff "Risiko" an Totalverlust. Eine Risikoanlage ist für sie "Hopp oder Flopp". Diese Sichtweise läßt den **Zeit-faktor** völlig außer acht. Dieser ist aber eine der wesentlichsten Stellgrößen bei der Geldanlage: *Laufzeit - Risiko - Ertrag*! Oft auch gehört als: *Verfügbarkeit - Sicherheit - Rendite*.

Wer auf allen drei Feldern das Optimum will, muß die "eierlegende Wollmilchsau" finden. Jeweils zwei dieser Stellgrößen im Optimum bedeutet automatisch, daß die Dritte ins Negative kippt. Auf das Risiko bezogen: Wer die totale Sicherheit will, muß sein Geld sehr langfristig anlegen oder mit einer sehr kleinen Rendite zufrieden sein. Und genau hier liegt der "Casus knaxus": Je mehr **Geduld** ich aufbringe, desto geringer die "Chance auf Verlust".

Womit wir beim wichtigsten Begriff wären, der zum Risiko gehört, nämlich die Chance. **In jedem Risiko liegt eine Chance.** So, wie es keine Handfläche ohne Handrücken gibt, so gibt es kein Risiko ohne Chance oder umgekehrt: Keine Chance ohne Risiko.

Während **in der Vergangenheit** (!) bei gemischten Aktienfonds nach 1 Jahr durchschnittlich 54 % im Plus lagen, hatten 46 % verloren. Nach 5 Jahren gab es nur noch 28 % Verlierer, nach 10 Jahren noch 4 % und nach 20 Jahren waren schließlich alle auf der Gewinnerseite. Sogar die "schlechtesten" Fonds.

Bei der Geldanlage sollte man deshalb besser vom **Schwankungs-Risiko** sprechen. Dem ständigen Auf und Ab an den Börsen. Dieses Auf und Ab entsteht zwangsläufig, weil dort im Grunde genommen **Hoffnungen** (auf Wertzuwachs und/oder auf hohe Erträge) gehandelt werden. Jeder Händler hat dabei seine eigene Meinung. Nur so kommt überhaupt ein Handel zustande! Käufer "A" vermutet (!) das Gegenteil von Verkäufer "B". Hätten beide die gleiche Einschätzung, würde A nicht kaufen und B nicht verkaufen. Weil sich die Zahl der Optimisten und die der Pessimisten aber tagtäglich ändert, schwanken die Preise. Auf lange Sicht, da sind sich alle übereinstimmend einig, sind Aktien die beste Möglichkeit, die Inflation zu schlagen und Ver mögen aufzubauen. Deshalb bewegen sich die **Aktienkurse auf lange Sicht immer nach oben.**

Wer mit diesem Wissen das kurzfristige Auf und Ab trotzdem nicht aushalten kann - wobei "kurzfristig" auch schon einmal 3 bis 4 Jahre abwärts heißen kann - der muß entweder aktiv umdenken - oder sich mit weniger Ertrag bescheiden.

Allerdings haben auch alle anderen *gehandelten* Anlagemöglichkeiten ihre ganz speziellen Schwankungsrisiken. Ja, sogar dort, wo man Geld nur "hinterlegt" (damit andere - die Banken - damit verdienen) also beim Cashkonto, beim Fest/Termingeld, beim Sparbuch oder Sparbrief, ist die allerletzte Sicherheit nicht (mehr) gegeben. Dafür hat das Landgericht Berlin am 15.06.2010 gesorgt. Unter dem *Aktenzeichen 10 O 360/09* entschied es nämlich, daß bei einem Bankenzusammenbruch die Anleger keine Entschädigungszusage bei ihrer Einlagensicherung einklagen können. Diese Einlagensicherung, mit der deutsche Banken gerne und lautstark werben, ist - juristisch gesehen - nämlich eine **"freiwillige" Einrichtung.** Wenn in den Kassen dieser Einrichtung nichts enthalten ist, kann auch niemand daraus etwas bekommen.

Sie würden gerne wissen, wie die momentane Kassenlage aussieht? Nach unseren Informationen waren es Anfang 2011 etwa 4,2 Milliarden Guthaben bei gleichzeitig 6,4 Milliarden Verpflichtungen aus der "Lehmann-Pleite". Mit anderen Worten: Wer heute ein "einlagengeschütztes" Cashkonto oder Sparbuch sein eigen nennt, darf im Falle der Pleite seiner Bank kaum mit "freiwilligen" Zahlungen aus einem Einlagen-Sicherungsfonds rechnen, der derzeit etwa 2,2 Milliarden Schulden hat.

Womit deutlich geworden sein sollte: **Die allerletzte Sicherheit gibt es nirgendwo.** Wenn das Risiko aber nicht aus der Welt zu schaffen ist, dann sollte man sich doch einmal ernsthaft mit den damit verbundenen Chancen beschäftigen.

Das Märchen von der Staatsgarantie

Landauf landab legen Menschen, sehr zur Freude der Banken, Geld für Erträge weit unterhalb der Inflationsrate an. Nur weil ihnen erzählt wird, „der Staat hafte" für diese Einlagen bei deutschen Banken mit bis zu 100.000 € und mit bis zu 20.000 € für Wertpapiergeschäfte.

Diese Aussage ist – so oft sie auch von Presse, Funk und Fernsehen oder auch am Bankschalter wiederholt wird, schlicht und ergreifend **FALSCH** ! Lesen und überprüfen Sie einfach selbst, mit eigenen Augen. Dank Internet stehen uns ja nahezu alle Quellen direkt offen.

Geben Sie ein: www.gesetze-im-internet.de/EAEG und schon können Sie sich persönlich überzeugen. Obwohl viele Menschen mit mir der Meinung sind, daß wir gegenwärtig in einer „Mediokratie" leben, **noch** gelten bei juristischen Entscheidungen in diesem unserem Lande die einschlägigen **Gesetze**. Egal was die Presse oder verschiedene Interessengruppen daraus machen!

Wir geben Ihnen im Folgenden einige kleine „Lese-Unterstützungen", da das Gesetzes-Deutsch sich nicht jedem sofort erschließt. (Sonst bräuchte man ja auch keine Rechtsanwälte mehr.) Alle kursiven Hervorhebungen und Anmerkungen stammen von uns, damit sich das Ganze einem Nichtfachmann besser erschließt. Und auf geht´s! Das **Einlagensicherungs- und Anlegerentschädigungsgesetz (EAEG)** wartet:

§ 1 (5) Ein Entschädigungsfall im Sinne dieses Gesetzes tritt ein, wenn die Bundesanstalt für Finanzdienstleistungsaufsicht (Bundesanstalt) feststellt, daß ein Institut (Anmerkung der WBV: laienhaft ausgedrückt: eine Bank.) aus Gründen, die mit seiner Finanzlage unmittelbar zusammenhängen, nicht in der Lage ist, Einlagen zurückzuzahlen oder Verbindlichkeiten aus Wertpapiergeschäften zu erfüllen *und keine Aussicht auf eine spätere Rückzahlung oder Erfüllung besteht.* (Anmerkung der WBV: Es kann also durchaus eine Zeitlang dauern, bis dies endgültig festgestellt ist.) …

§ 3 (1) Der Gläubiger eines Instituts hat im Entschädigungsfall *gegen die Entschädigungseinrichtung, der das Institut zugeordnet ist,* (Anmerkung der WBV: **Keinesfalls** gegen den „Staat" mit seinen unendlichen Steuermitteln!) einen Anspruch auf Entschädigung nach Maßgabe des § 4.

§ 4 (1) Der Entschädigungsanspruch des Gläubigers des Instituts richtet sich nach Höhe und Umfang der Einlagen des Gläubigers oder der ihm gegenüber bestehenden Verbindlichkeiten aus Wertpapiergeschäften unter Berücksichtigung etwaiger Aufrechnungs- und Zurückbehaltungsrechte des Instituts. Ein Entschädigungsanspruch besteht nicht, soweit Einlagen oder Gelder nicht auf die Währung eines EU-Mitgliedstaates oder auf Euro lauten.

(2) Der Entschädigungsanspruch ist der Höhe nach begrenzt auf
1. den *Gegenwert von 100 000 Euro der Einlagen* sowie
2. *90 vom Hundert der Verbindlichkeiten aus Wertpapiergeschäften und den Gegenwert von 20.000 Euro (...)*

...

§ 6 (1) Bei der Kreditanstalt für Wiederaufbau (Anmerkung der WBV: „KfW") werden *Entschädigungseinrichtungen* als nicht rechtsfähige Sondervermögen des Bundes errichtet, denen jeweils eine der in Satz 2 genannten Institutgruppen zugeordnet wird. Institutsgruppen sind:

1. privatrechtliche Institute im Sinne des § 1 Abs. 1 Nr. 1, (Anmerkung der WBV: **Geschäftsbanken**)
2. öffentlich-rechtliche Institute im Sinne des § 1 Abs. 1 Nr. 1 und (Anmerkung der WBV: **Kreissparkassen**)
3. andere Institute. (Anmerkung der WBV: **Volksbanken**)

Die Entschädigungseinrichtungen (Anmerkung der WBV: **Nicht der Staat!**) *können* im Rechtsverkehr handeln, klagen oder *verklagt werden.*

...

§ 8 (1) *Die Mittel für die Durchführung der Entschädigung werden durch Beiträge der Institute erbracht.* (Anmerkung der WBV: **Also nicht vom Staat**, der sich in der Öffentlichkeit mit „fremden Federn" schmücken läßt.) Die Institute sind verpflichtet, Beiträge an die Entschädigungseinrichtung zu leisten, der sie zugeordnet sind. Die Beiträge der Institute müssen die Ansprüche gegen die Entschädigungseinrichtung, die entstehenden Verwaltungskosten und sonstige Kosten, die durch die Tätigkeit der Entschädigungseinrichtung entstehen, decken. Die für die Entschädigung angesammelten Mittel sind nach dem Gesichtspunkt der Risikomischung so anzule gen, daß eine möglichst große Sicherheit und ausreichende Liquidität der Anlagen bei angemessener Rentabilität gewährleistet sind.

...

§ 8 (10) *Für die Erfüllung der Verpflichtungen nach § 3 Abs.1* **_haftet die Entschädigungseinrichtung_** *(Ergänzung der WBV:* und zwar...*) nur mit dem auf Grund der Beitragsleistungen nach Abzug der Kosten nach Absatz 1 Satz 3 zur Verfügung stehenden Vermögen.* Eine beliehene Entschädigungseinrichtung hat dieses Vermögen getrennt von ihrem übrigen Vermögen zu halten und zu verwalten.

...

§ 12 (1) Institute im Sinne des § 1 Abs. 1 Nr. 1, die den Sicherungseinrichtungen der regionalen Sparkassen- und Giroverbände oder der Sicherungseinrichtung des Bundesverbandes der Deutschen Volksbanken und Raiffeisenbanken angeschlossen sind*, sind keiner Entschädigungseinrichtung zugeordnet, solange diese Sicherungseinrichtungen auf Grund ihrer Satzungen die angeschlossenen Institute selbst schützen,* insbesondere deren Liquidität und Solvenz gewährleisten, und über die dazu erforderlichen Mittel verfügen (institutssichernde Einrichtungen).

...

<u>Demnach bleibt ganz nüchtern fest zu halten:</u>
Entgegen weitverbreiteter Ansicht sind Sie auch bei Kreissparkassen und Volksbanken, <u>rein rechtlich,</u> **kaum** besser dran als bei Geschäftsbanken.

Trotzdem: Wir sehen unsere Aufgabe in der Aufklärung, nicht aber in der Panikmache!

Obwohl wir selbstverständlich keine Hellseher sind, gehen auch wir derzeit eigentlich **nicht** davon aus, daß es in näherer Zukunft zu einem solch extremen Gesamt-Zusammenbruch des Finanzsystems kommen wird, daß alle Banken auf einmal crashen. Es sollte lediglich daran erinnert werden, daß es im Bereich der Cash- und Sparbuch-Finanzen ebenso wenig die totale Rundum-Sicherheit gibt wie im täglichen Leben.

Die inflationäre Niedrigzins-Enteignung durch den Staat.

Obwohl die Konjunktur sehr gut läuft, also gute Nachfrage herrscht, was zu höheren Preisen führt, halten der Staat und die Zentralbanken durch endloses „Fluten" mit zusätzlichem frischem Geld die Zinsen widernatürlich niedrig. Man braucht dieses Geld um die Europa-Träume zu finanzieren und die Fehlentwicklungen bei den Banken zu korrigieren.

So entlasten sich die Staaten, die gegenwärtig ihre Schulden nur mit extrem niedrigen Zinsen bedienen müssen.

Gleichzeitig erzielt aber auch der Bürger nur diese niedrigen Zinsen, muß andrerseits aber die gestiegenen Preise bezahlen. Der übliche Ausgleich (gestiegene Preise = gestiegene Zinsen) bleibt ihm in dieser Situation, die man **„finanzielle Repression"** nennt, verwehrt!

Der Kaufkraftverlust durch gestiegene Preise lag im Oktober 2013 beim Obst bei 7,9%, beim Gemüse bei 7,3% und beim Fleisch bei 5,3%. Heizöl wurde 11,3% teurer als im Vorjahr, Kraftstoffe um 5,4% und Strom um 3,1%.

Die Löhne und Gehälter orientierten sich, falls sie überhaupt stiegen, jedoch an der Durchschnitts[1] - Inflationsrate von 2%. Der Zinsertrag von verfügbarem Geld liegt knapp über Null. Wenn man mit gleichbleibendem Gehalt immer höhere Preise zahlen muß und auch beim vorhandenen Vermögen nichts zuwächst, ist man am Ende eines solchen Jahres „ärmer", bzw. man konnte sich einfach nur weniger leisten.

Das nennen wir „gewollte staatliche Enteignung"
(Ausweg: SACHWERT-Orientierung)

1)
„Mit Durchschnitt und Prozente
Manipulier ich ohne En(t)de" !   („1. Lehrsatz jedes Politikers!" ☺)

(Seit über 40 Jahren weise ich meine Schüler, Kinder und Kunden mit diesem, zugegeben etwas holprigen Reim auf diese Tatsache hin! **Der Grund** *für diese Manipulierbarkeit liegt darin, daß* **sowohl Durchschnitts- als auch Prozentangaben keine linearen Rechengrößen** *sind, vom Nicht-Mathematiker aber fast immer als solche angesehen werden.)*

Eine kurze Bemerkung zum G O L D:

Über das Anlagemedium Gold läßt sich trefflich streiten.

Ich persönlich liebe die Fragen ans *„gelebte Leben":* Wie handhabe ich mein Leben und meine Einkäufe des täglichen Bedarfs, wenn alles Geld wertlos geworden ist und ich auf meine „Versicherung" Gold zurückgreifen muß.

Könnte es sein, daß die Lieferanten lebensnotwendiger Güter in solchen Lebenskrisen andere Probleme hätten, als Gold anzuhäufen? Bäcker, Metzger, Bauern usw. müssen ihre eigenen Lieferanten bezahlen. - Auch mit Gold? – Wird so viel handelbares, physisches Gold zugänglich sein?

Laut Google **(12/2011)** ist die kleinste handelbare Goldmünze eine 1/25-Unzen-Münze.(= 1,24 g)

Eine Unze entspricht 31,1 g. UND (!) Gold wird in DOLLAR gehandelt, also spielt auch noch der € / $ - Kurs mit.

Kleine Barren gibt es ab 1 Unze.

Auf den **Fidschiinseln** gibt es eine 10 $ - Münze. Sie wiegt 0,5 g Gold = 1/62,2-tel Unze. **Wert in € etwa 66 Cent**. --- Sie wird bei LIDL (!) gehandelt mit 39,90 €! (Stand 2012)

Ich bin mir nicht sicher, wie lange meine Reserven reichen, wenn ich sie auf diese Weise einsetzen muß: Ich kaufe ein Brötchen für einen Euro und bezahle mit 2 Münzen im Goldwert von 1,20 €, für die ich vorher 79,80 € hinblättern mußte ?! Zudem muß ich berücksichtigen, daß **Münzen** immer um die Prägekosten teurer sind. Sogar Mehrwertsteuer fällt noch an, wenn es sich nicht um offizielle Zahlungsmittel handelt. **Barren**gold ist davor zwar verschont, der Gebrauch im alltäglichen Leben erschließt sich mir aber noch weniger.

Wenn man die Goldpreis-Entwicklung der letzten 50 Jahre betrachtet, dann ist unübersehbar, daß der Preis nicht von der „Sache" her gebildet wird sondern eindeutig ein Ergebnis der internationalen Spekulation ist. Ausnahmslos. Die bei weitem größte Anzahl von Goldkäufen und – Verkäufen erfolgt derzeit in Form von Zertifikaten, also „auf dem Papier". In der vielbeschworenen „Krise" dem Goldverkaufsgrund Nummer 1, nützt mir das aber überhaupt nichts, zumal zu erwarten steht, daß die Herausgeber dieser Zertifikate im Ernstfall nicht mehr greifbar sind. Das Wesen der Spekulation ist es, schnell und überraschend das Richtige (oder das Falsche) zu tun. Dabei kann man „mitspielen" und gewinnen – oder verlieren. Ich, *für mich*, sehe hier kein geeignetes, und schon gar kein **sicheres** Anlage-Instrument.

Beim Stichwort „Gold" fällt mir immer wieder ein Satz ein, den **Warren Buffet**, der reichste Mann der Welt, bereits 1998 geprägt hat:

> *„Gold wird aus dem Boden gegraben. Dann schmelzen wir es ein, graben ein anderes Loch, wo wir es wieder beerdigen und bezahlen Leute, die darum herumstehen, um es zu bewachen. Es hat keinerlei Nutzen, jeder, der vom Mars aus zuschaut, würde sich den Kopf kratzen"*

Zum Schluß laßt es Euch, (lassen Sie es sich) gesagt sein:

Es ist nicht immer alles SO offensichtlich, wie es scheint!

Ein Spion wurde losgeschickt, um eine andere Stadt auszuforschen. Als er am Tor ankam, sah er, daß am Tor ein Wächter stand, dem man ein **Paßwort** nennen mußte um in die Stadt zu gelangen.

Der clevere Spion suchte einen Weg, wie er das Paßwort heraus bekommen könnte. Er legte sich in einem Gebüsch auf die Lauer, um das Paßwort zu erlauschen.

Er mußte nicht lange warten, da kam ein Handwerker, der Wächter nannte die Zahl „16", der Handwerker sagte nach kurzem Überlegen: „8", und schon durfte er das Tor passieren.

Wenig später kam ein Soldat, der Wächter nannte die Zahl „8", der Soldat antwortete „4", und durfte ebenfalls passieren.

Nun kam ein älterer Herr - als der Wachter „28" sagte und der ältere Herr „14", glaubte der Spion, die Losung zu wissen.

Der Spion ging also zum Tor, der Wachter sagte „14", der Spion „7".
Sofort wurde er verhaftet.

Was hätte der Spion antworten müssen (und warum)?

Er hätte „Acht" antworten müssen, denn die Zahlen, die die Leute sagten, die vor ihm die Stadt betreten haben, entsprachen jeweils der Buchstabenanzahl, mit denen das Wort, das der Wächter nannte, geschrieben wird.

ENDE